밤물 슈퍼 이야기

황종권 에세이

4장 내가 끝까지 살아낼 삶의 이름들

1장
잊지 말아야 할 이름

방울 슈퍼는 동네의 따뜻한 무릎이자 골목의 꽃이었다.
동전 하나로 웃고 울던 동네의 명물이자, 신도 가끔은
입부터 궁금한 성지였다. 그저 억척스러운 여자가 있던
슈퍼만은 아니었다.
방울이는 내 어머니의 또 다른 이름이었다.

방울 슈퍼의 탄생

마음을 아무리 헤집어도 구멍가게만 한 추억 하나 없다면 방울이 이야기가 좋겠다.

전라도 여수에는 국동이란 동네가 있었다. 국동은 뒷배가 든든한 구봉산이 있고, 앞으로는 돌산대교가 있어 없는 마음도 서로 오갈 것 같은 동네였다. 산과 바다를 아우르는 아름다운 동네였지만, 산해진미를 차려 놓고도 젓가락이 가지 않는 밥상 같은 동네이기도 했다. 중요한 것이 없었기 때문이다. 바로 구멍가게였다. 흔해 빠진 게 구멍가게라 그 소중함을 모르겠지만, 구멍가게가 없다는 건 비극에 가까운 거였다.

고작 구멍가게 하나 없는 게 비극씩이나 되냐고 그러겠지만 동네에 구멍가게가 없다는 건 동전 하나로 죽치고 앉을 오락기가 없다는 것이고, 슬리퍼 질질 끌고 가서 달걀이나 채소를 살 수 없다는 것이고, 어린아이들의 주 수입원인 심부름이 없다는 것이고, 궁금한 입 속을 달랠 과자가 없어, 군침이 도는 추억이 없다는 것이다.

본디 영웅은 난세에 탄생한다고 하였나. 따뜻한 골

목을 가지고도 다리쉼 할 곳 없는 동네에 작은 초능력을 가진 여자가 나타났다. 겉으로는 술보 남편과 아이 둘을 키우는 작고 억척스러운 여자로 보이지만, 비범한 능력을 가진 여자였다. 그 능력을 먼저 알아본 것은 할머니들이 었다. 단칸방이 딸린 연탄구멍 같은 가게에 '슈퍼'라는 이름을 붙일 때부터 알아봤다고, 주름진 입들을 모았다. 아닌 게 아니라 슈퍼는 3평 남짓, 점방이나 상회라 불려야 마땅한 공간이었다. 고래가 되고 싶은 고등어의 심정은 이해 가지만 슈퍼란 간판은 과분해 보였다. 여자가 능력을 보여 주기 전까지는.

여자의 능력은 막걸리를 주문할 때 나오는 김치였다. 다른 건 몰라도 김치 맛만큼은 슈퍼급이었다. 지구는 못 구해도, 한세월을 구하기에는 충분한 맛이었다. 잘난 자식들한테 김치만 담가 줄 줄 알았지, 한 포기의 대접을 못 받던 할머니들한테 여자의 김치 맛은 막걸리 잔을 넘치게 했다. 여자는 딸 같기도 며느리 같기도 했으며, 할머니들의 애인 같았다. 애인을 부르듯 언젠가부터 여자를 방울이라 부르기 시작했다. 방울이라 부를 때마다 기분 좋은 바람에 흔들리는 종소리가 들렸다. 바야흐로 할머니

들의 사랑방, 훗날 추억의 고춧가루로 눈시울을 뜨겁게
할 방울 슈퍼의 탄생이었다.

　방울 슈퍼의 탄생을 기뻐한 건 할머니들뿐만이 아니
었다. 금수저보다 슈퍼집 아들이 부러웠던 시절. 슈퍼는
코흘리개 아이들에게 선망의 대상이자 단꿈에 빠지기 좋
은 곳이었다. 주머니에 동전 하나만 있어도, 빈 병만 가져
다가 팔아도 입안 가득 행복이 고였다. 행복이란 게 복잡
할 게 하나도 없었다. 그러나 정작 행복의 신세계를 열어
준 건 여자의 아이템이었다. 만약 그 아이템이 있지 않았
다면 여자는 한낱 슈퍼집 주인에 지나지 않았을 것이다.
여자의 아이템은 토르의 망치나 아이언맨의 슈트처럼 강
력하지 않았으나, 아이들의 발자국을 끄는 능력이 있었
다. 아무리 착한 아이라도, 그 아이템 앞에서는 애써 마련
한 용돈을 탕진하기 일쑤였다.

　여자의 아이템은 전자오락기였다. 그것도 한 시대를
풍미하고도 여전히 회자되는 스트리트파이터 오락기였
다. 아무리 전라도하고도 여수, 여수하고도 한참을 찾아
야 하는 후미진 동네였지만 오락실은 존재했다. 다만, 코

11

흘리개 어린것들이 가기엔 모험심이 필요한 곳이었다. 오락실 자체가 탈선의 현장이었으며, 삥 잘 뜯고 침 잘 뱉는 비행 청소년이 늘 도사리고 있었기 때문이다. 반면에 슈퍼가 거느린 오락기는 귀여운 탈선으로 여겨졌다. 무엇보다 어른들이 수시로 들락거리는 곳이라 삥 잘 뜯고, 침 잘 뱉는 비행 청소년들로부터 자유로웠다. 가끔 오락기를 독점하는 놈들이 있었지만, 슈퍼 여자에게 걸리면 가차 없는 응징을 당했다. 삶이 늘 실전이었던 여자에게 가상 세계의 아도겐은 한낱 바람에 지나지 않았다.

어느새 슈퍼는 코흘리개들이 안전하게 탈선을 즐기기 좋은 곳이 되고 있었다. 더불어 용돈 확보를 위해 심부름을 자처하게 만드는 선한 영향력까지 행사했다. 훗날, 코흘리개들이 비행 청소년보다 두려운 집값에 무릎을 꿇을 때마다 3평 남짓의 방울 슈퍼는 가성비 좋은 추억을 선물할지도.

여자는 작지만 큰 초능력자였다. 방울 슈퍼는 단지 구멍가게가 아니라 추억의 숨구멍이었고, 여자의 진짜 능력은 추억을 만드는 능력이었다. 추억은 마음을 움직이게 하는 힘이자, 마음 자체로 피가 도는 힘이다. 어쩌면 여자의 능력은 너무 하찮은 것이어서 세상의 눈으로는 볼 수 없을지 모른다. 다만 일곱 살 코흘리개부터 칠십 살 지긋한 노인까지, 방울 슈퍼가 있어 마음을 구하고 세월을 구했다면 여자를 초능력자라고 불러도 되지 않을까. 적어도 어떤 정권도 하지 못한 세대 간의 장벽을 허물었다고 누군가는 알아줘야 하는 것은 아닐까. 그냥 고마웠다는 말이라도 건네야 하지 않을까.

방울 슈퍼는 동네의 따뜻한 무릎이자 골목의 꽃이었다. 동전 하나로 웃고 울던 동네의 명물이자, 신도 가끔은 입부터 궁금한 성지였다. 그저 억척스러운 여자가 있던 슈퍼만은 아니었다. 그리고 세상 모두가 잊어도 나에겐 잊지 말아야 하는 이름이 있다. 언제나 금속성의 울음부터 들리는 이름, 방울이.

방울이는 내 어머니의 또 다른 이름이었다.

방울 슈퍼의 전설들

잿빛으로 막막한 서울 생활을 하다 보면 여수의 산, 구봉산이 그리워진다. 구봉산을 그리워하는 것만으로 숲을 오래 걷듯이 초록의 심장이 된다. 나에게 구봉산은 상상만으로도 꽉 막힌 도시의 숨을 트이게 할 뿐만 아니라, 마음을 맑게 씻어 주는 산이다. 초등학교, 중학교 시절에는 소풍을 구봉산으로만 가서 지긋지긋하기도 했지만. 달콤한 소풍이 끝난 어른이 되어서는 그리운 산이 되었다.

　　구봉산을 얘기하면서 전설을 빼먹을 수는 없다. 나는 교가부터 봉황새가 날아드는 구봉초등학교, 구봉중학교를 졸업했다. 하여, 구천구백 번 정도 구봉산에 관한 전설을 들어야만 했다. 오동도에 벽오동나무가 지천이었을 옛날하고도 먼 옛날. 옥황상제의 심부름을 나온 사신 아홉 명이 있었다. 사신은 봉황으로 변해 하늘을 날다가 오동도의 벽오동나무 열매를 보았다. 명색이 봉황이지만 방앗간을 지나칠 수 없는 참새와 같았다. 열매 맛에 심취해 심부름도 잊고, 하늘을 오르는 기한마저 넘겨 버린 것이다. 그리하여 봉황은 그대로 내려앉아 아홉 봉우리의 산이 되었다. 이것이 구봉산의 전설이다.

구봉산 전설이 지향하는 바는 벽오동나무의 아름다움과 한려수도를 굽어보는 구봉산의 신성함일지 모른다. 본디 봉황은 벽오동나무에 깃들고, 산은 전설이 깃들수록 신비로움으로 가득하다. 그러나 어찌 보면 옥황상제의 아홉수가 아닌가. 매우 중대한 하늘의 뜻이라 사신을 아홉 명이나 보냈는데 이것들이 방앗간의 참새처럼 열매나 처먹다가 하늘의 뜻을 그르친, 엄밀히 따져 보면 작은 언덕이 되기도 좀 아깝다. 하나, 먹다 죽은 것들은 때깔이 좋은 것인가. 여수 밤바다를 구봉산이 제일 잘 보고 있다. 사실 여수 풍경 맛집의 구단은 구봉산 정상이다.

전설이 그러거나 말거나, 해석이 그러거나 말거나 구봉산은 구봉산. 명절을 맞이하여 방울 슈퍼집 여자와 그리운 구봉산을 올랐다. 슈퍼집 여자와 나, 언젠가부터 서로의 안부를 입으로 묻지 않는다. 그저 산을 탈 뿐이다. 산에 가면 그 사람이 걸어가고 있는 길이 보이고 삶의 풍경이 보인다. 어떤 마음과 몸으로 세상과 맞서고 있는지 호흡 하나, 발걸음의 무게만으로도 짐작할 수가 있다.

오랜만에 만난 슈퍼집 여자의 발자국엔 미소처럼 봄

별이 고였다. 아마도 이제 막 걸음마를 뗀 손녀가 있고, 그 손녀를 너끈히 짊어진 내가 있어서다. 하고 싶은 말보다 함께 오르고 싶은 산이 있어, 우리는 산행 내내 봉황으로 승천하려는 광대를 감출 수 없었다. 행복이란 게 높이가 아니라, 곁이라는 아득한 깨달음도 얻는 것 같았다. 고층 아파트에 대한 욕망으로 한없이 밑바닥을 살았던 도시의 그림자마저 막걸리 한잔에 늘어지게 잠들고 있었다. 개도 막걸리 맛이 얼마나 좋던지 그 옛날의 봉황처럼 그대로 주저앉고 싶었다. 내가 산인지, 산이 나인지. 세상 부러울 것이 하나 없었다. 슈퍼집 여자도 콧노래를 흥얼거리기 시작했다. 막걸리 잔이 넘치도록 젓가락 장단이 나오고 있었다. 나는 새삼 젓가락 장단의 대가들이 그리워졌다. 허구한 날 방울 슈퍼에 찾아와 젓가락을 두들기던 할머니들이 생각났다. 나는 슈퍼집 여자에게 할머니들의 안부를 물었다.

"설란이 할머니, 506호 할머니, 근계 할머니, 경호 할머니, 하린이 할머니, 뚱땡이 할머니 어째 다들 잘 살고 있는가?"

그리운 이름을 하나하나 호명할 때마다 슈퍼집 여자의 얼굴빛이 어두워졌다. 대답이 한참 없었다. 여자는 참으로 먼 산을 바라보듯 갓김치를 오래 뒤적거리면서, 한숨을 푹푹 쉬면서, 눈시울 뜨거워지도록 아무 말을 하지 못하고 있었다. 나는 왠지 그 대답 없음의 이유를 알 것만 같았다. 세월이 지났으니, 세월이 아예 지나가 버렸으니. 겨우 슈퍼집 여자가 입을 떼고서야 그리운 이름들을 다시 만날 수 없다는 것을 알았다.

"한동네에 오래 살아 좋은 것도 있지만, 안 좋은 것도 있어야. 다 죽어 분다. 어찌 된 것이 다 죽어 부렀어야. 막걸리 한잔도 받아 주고 싶고, 좋아하던 김치도 오지게 담가 주고 싶은디. 할마시들이 이젠 없어야."

슈퍼집 여자의 그렁그렁한 추억이 술잔이 아니라, 눈동자에 고이고 있었다. 나는 그 눈동자에 깃든 그리움을 다 헤아릴 수 없지만, 14년 내내 방울 슈퍼를 키운 건팔 할이 할머니들이란 건 알았다. 매일같이 할머니들은 중대한 약속처럼 슈퍼 앞 평상으로 모였다. 손자 손녀가유치원에서 돌아오는 시간까지 민화투를 치거나, 수다를 떨면서 막걸리를 자셨다. 어린것들도 방울 슈퍼로 하원을 바로 했다. 막걸릿값과 과잣값, 할머니가 슈퍼에 오면 여자는 일타쌍피의 수입이 생겼다. 그런 할머니가 한 명도 아니고 여섯 명이었다. 슈퍼집 여자에겐 삶을 지켜 주는 작은 수호신이었으리라.

할머니들과 아이들이 붐비는 곳이라 사건 사고도 많았다. 하루는 설란이가 막걸리 병뚜껑을 손가락으로 구멍을 다 내 놨다. 예전엔 막걸리 병이 종이로 막혀 있었다. 무려 막걸리 한 짝에 구멍을 죄다 낸 것이다. 슈퍼집 여자는 그날이 몹시 난감했다고 한다. 구멍 뚫린 막걸리는 다시 팔 수 없기에 물어내라고 해야 했다. 그런데 어른 체면이 있지 않은가. 애가 한 짓을 가지고 받기도 뭣하고, 체면을 지키자니 막걸릿값이 울고, 여수 사투리로 이러코롬도 저러코롬도 못 하고 있었단다. 그때 설란이 할머니가 나타나 막걸리 한 짝 값을 지불하며, 전설처럼 한마디를 남겼다고 한다.

"다 마실 때까지 아무도 못 가."

대부분 아이들이 사고를 치고, 할머니들이 수습했다. 그러나 할머니들도 보통 사고뭉치는 아니었다. 사고는 할머니들이 신짝을 붙이고 제대로 판을 벌일 때 일어났다. 화투 끗발이 잘 서거나, 절로 젓가락 장단이 나올 만큼 술자리가 무르익으면 꼭 손자 손녀들이 보챘다. 아무리 과자나 아이스크림으로 달래 보아도 소용이 없었다. 그럴 때마다 할머니들은 할머니에서 할머니로 내려오는 신비의 묘약을 제조했다. 동네가 떠내려가라고 울어 젖히던 아이도 그 신비의 묘약을 마시면 잠이 들었다. 나도 슈퍼에서 둘째가라면 서러운 말썽쟁이였으므로 그 신비의 묘약을 마셔 보았다. 신비의 묘약인즉슨, 별거 없다. 달달한 요구르트에 막걸리를 좀 타서 먹이는 것이다.

자라나는 애기들한테 술을 먹이다니. 무식한 짓이라고 해 봐야 소용없다. 막걸리에 취해 잠들었던 어린것들은 자식을 낳을 정도로 장성했고, 신비의 묘약을 제조하던 할머니들은 살아 계시지 않는다. 다만, 방울 슈퍼의 역사 속에서 살아남아 구봉산을 오르는 모자의 막걸리 잔을 그립도록 넘치게 할 뿐이다.

가만 보니 나는 할머니들의 이름을 알지 못한다. 할머니들은 자식의 이름으로, 손자 손녀의 이름으로 불리었을 뿐이다. 단 한 번도 자신의 이름을 살지 못한 방울 슈퍼의 할머니들. 자식의 이름에서, 자식의 자식의 이름으로 살았을, 그 이름 없는 할머니들. 그러나 기꺼이 자신보다 자식으로, 자식의 자식으로 살았을 할머니들이 구봉산 전설보다 더 큰 전설이지 않을까. 할머니들 이름을 하나하나 호명할 때마다 술잔에 눈물 섞인 전설이 그렁그렁하다.

방울 슈퍼와 도둑들

삶은 작은 추락의 연속이다. 추락하는 것들은 날개가 있다고 했으나, 살아간다는 건 끝없는 바닥을 마주하는 일이다. 너무나 여러 겹을 가진 바닥을 마주할 때마다 희망보다 절망이 죽지 않는다. 절망은 첫눈이 내려도 순한 눈망울로 바라볼 창문이 없는 것, 사랑을 하면서도 사람을 믿지 못하는 것, 열심히 공부했음에도 취업할 곳이 없는 것, 더 이상 착하게 살 수 없는 것, 희망보다 절망을 믿는 것이다.

삶의 중력이 절망으로만 쏠릴 때 날개 없는 추락은 오고. 불현듯 나의 추락은 무엇이었냐고 묻는다. 원하는 대학을 못 간 것, 신춘문예에 낙방하고 누렇게 뜬 단무지에 술만 마신 것, 겨우 취업한 회사가 망한 것, 월세가 밀려 도둑발로 옥탑방을 드나든 것, 사랑이 없는 가슴으로 애인을 만든 것, 돈에 굽신거린 것, 잘난 것 없이 잘난 척한 것, 남의 글을 대신 써 준 것 등 내 추락의 이력은 긴 밤이 지나도록 헤아리기 어렵다. 다만, 나에게 가장 아픈 추락이 무엇이냐고 묻는다면 단번에 슈퍼집 여자의 눈물이라 말할 것이다. 사람이 죽은 것도 아닌데, 지구가 멸망한 것도 아닌데 한없이 땅을 치던 그 눈물을 아직도 잊지 못한다.

방울 슈퍼는 동네에서 가장 늦게까지 불빛을 밝히던 곳이었다. 자정이 지나도 어떤 희망처럼 불빛이 꺼지지 않았다. 드문드문 손님이 있었기 때문이다. 대부분 술 담배를 사러 온 손님이었고 간혹 아이들 도시락 반찬을 사러 오는 손님도 있었다. 그 수입을 무시할 수 없었으므로 슈퍼집 여자는 동네의 마지막 불빛을 지켰다. 어떻게든 하나라도 팔아 보겠다는 심정으로 막막한 밤을 견뎠을 것이다.

한없는 눈물이 추락처럼 주저앉던 밤도 그랬다. 자정이 지나도록 슈퍼집 여자는 동네의 억척스러운 불빛이었다. 그러나 남편 수발, 아이들 수발, 손님들 수발을 하루 종일 들다 보면 억척스러운 불빛도 지치곤 했다. 여자는 죽을 수도 살 수도 없는 현실처럼 쏟아지는 졸음을 견뎠지만, 이내 잠들어 버렸다.

지금이야 CCTV도 있고, 도둑도 최첨단 장비를 쓰지만 그 시절에는 아무것도 없었다. 24시 편의점은 물론이고, 카드 결제는 우주의 영역이었다. 오로지 현금만이 슈퍼의 실체였으며, 금고는 신줏단지와 동일한 반열에 있었다. 슈퍼집 여자는 손님보다 도둑이 올까 봐, 금고를 베개 삼아 단꿈에 빠졌다. 왜 달달구리한 꿈은 가혹한 현실을 선물하는 것일까. 잠깐 졸았을 뿐인데 금고를 통째로 도둑맞아 버린 것이다.

잠에서 깬 슈퍼집 여자는 사람이 죽은 것처럼, 세상이 끝난 것처럼 울어 제꼈다. 그 울음에 어린것들도 잠에서 깨었다. 슈퍼는 울음바다가 되었고, 울음소리만이 사실로부터 멀어지는 유일한 기도인 것 같았다. 아예 주저앉아 땅을 치고 울 때는 사람의 눈물이야말로 세상에서 가장 아픈 추락이란 걸 알게 해 주었다. 도둑맞은 금고는 그냥 금고가 아니라, 목숨을 쥔 큰 울음통이란 것도 알았다.

아는 것보다 앓은 것이 많았던 그 밤, 슈퍼집 여자는 젖은 눈으로 범인을 추적하고 있었다. 숟가락 숫자도 뻔히 다 아는 동네, 범인은 가까운 곳에 있다고 믿었다. 여자가 지목한 범인은 총 세 명이었다.

1. 주인집 아들

몇십 년이 지난 후에도 슈퍼집 여자는 주인집 아들이 범인이라 주장한다. 주인집 텃밭에서 금고가 발견되었다는 점. 태권도 사범이긴 하지만 반 양아치의 면모가 거침없이 드러났다는 점. 방울 슈퍼의 구조를 잘 이해했다는 점이 근거였다. 여자의 아들도 그에게 태권도를 배웠는데 가장 유력하다고 계속 주장하고 있다. 왜냐? 아들 눈에는 반이 아니라, 찐 양아치였으니까.

2. 이 층에 세 들어 살던 새댁

이 층 여자는 같이 세 들어 사는 처지였는데, 은근히 도벽이 있었다. 방울 슈퍼 구조상 후문으로는 주인집과 이 층 새댁만이 드나들 수 있었다. 슈퍼집 여자가 정문 앞 평상에서 막걸리를 팔 때, 그 새댁이 후문으로 들어와 아이들 과자를 훔치다 걸린 적이 있었다. 이 층에서 슈퍼집 여자가 정신없는 걸 보고 도둑질을 감행한 것이다. 그러나 도둑질에 걸릴 때마다 그 새댁은 흰 이를 드러내며 미워할 수 없는 핑계를 대곤 했다. 어린것들의 나이도 같았고, 매일 얼굴을 보는 처지라 아주 막 대할 수 없었다고 한다.

3. 하숙생들

방울 슈퍼가 있는 동네는 대학생들이 하숙을 많이 하던 곳이었다. 솔직히 파는 것보다 도둑맞은 게 더 많았다. 지성을 탐구해야 하는 학생들이, 책보다 구멍가게 과자에 눈독을 들였다는 게 씁쓸하지만, 진짜 많았다. 그런데도 유력한 용의선상에서 3위의 영광을 얻은 건 정문으로 들어와 도둑질하기가 어렵다는 점과 주인집 여자한테써 준 편지들 때문이었다. 동네에서 슈퍼집 여자한테 김치 한번 못 얻어먹은 하숙생은 없었다. 슈퍼집 여자에게 신세 한번 안 지고 대학을 졸업하는 일도 없었다. 졸업을 하거나 이사를 갈 때면 하숙생들은 감사의 의미로 슈퍼집 여자에게 편지를 주곤 했다. 반성문 같은 편지의 첫 구절은 늘 같았다.

"아줌마보다 엄마라고 부르고 싶었습니다."

몇십 년이 지난 지금도 범인은 밝혀지지 않았다. 범인은 안심해도 좋겠다. 아마도 일평생 범인은 잡히지 않을 것이다. 슈퍼집 여자는 경찰에 신고하지 않았고, 용의자들에게도 의심의 눈초리 한번 건네지 않았다. 나는 왜 신고하지 않았냐고, 바보 아니냐고 슈퍼집 여자에게 물었던 적이 있다. 그러나 슈퍼집 여자는 동네 사람들끼리 그러면 못쓴다고 답할 뿐이었다.

알면서도 끝내 모른 척하는 것. 이웃을 믿어 보는 것. 어쩌면 그것이 슈퍼집 여자가 동네를 사랑하는 방식이었을까. 사람을 미워하지 않는 용기였을까. 삶의 작은 추락을 견디는 자세였을까. 나는 도무지 모르겠다. 층간 소음으로 사람의 목숨을 앗아 가는 시대, 갓난쟁이가 맞아 죽어도 모르는 문 닫힌 세계에 살고 있기 때문이다. 이웃을 혐오하고, 이웃 위에 군림하려는 영혼부터 추락한 도시에 살고 있어서다. 그러나 한없이 추락하는 무서운 계절이 도시를 지배하더라도, 나는 슈퍼집 여자의 마지막 말만은 기억하고 싶다.

"방울 슈퍼에 그 많았던 도둑들, 그게 다 사람이 한

짓이겠냐?

지긋지긋한 가난과 허기가 한 거겠지.

아들아, 그래도 적당히 눈감았던 그 시절이 엄마는
참 예뻤단다."

동전 명당

방울 슈퍼 앞에는 어린이 놀이터가 있었다. 어른들은 땅을 파면 돈이 나오냐고 했지만, 어린이들은 놀이터가 동전 명당이란 걸 알았다. 철봉, 정글짐, 그네 밑은 어린이에서 어린이로 이어지는 동전 명당. 모래를 헤집는 어린이만이 그 명당의 진가를 알았다. 엄마를 조르고 졸라 슈퍼에 이르는 번거로움보다, 부지런히 모래를 헤집어 슈퍼에 이르는 일명 땅강아지파도 생겼다.

땅강아지파는 땅에 대한 신념이 있었다. 그렇지 않고서야 은행에 돈이라도 맡겨 놓은 듯 땅을 팠을 리 없다. 슈퍼에 가기 전이면 은행처럼 놀이터에 들러 땅을 팠다. 신비롭게도 허탕을 치는 꼴을 한 번도 못 봤다. 적어도 백원짜리 동전 하나는 반드시 주웠다. 백 원으로 사 먹을 게 있나 싶겠지만, 동전 하나만 있어도 슈퍼에 입장하는 땅강아지파의 발걸음은 박력이 넘쳤다. 비트코인이 상한가를 쳐도 그 순진무구하면서도 당당한 발걸음은 흉내 내지 못할 것이다.

그러나 슈퍼에는 백 원의 딜레마란 게 있다. 백 원으로 못 살 것도 없지만, 백 원으로 살 만한 것들이 많지 않았기 때문이다. 동전 하나로 행복하기도 했지만, 동전 하나가 주는 좌절감도 만만하지 않았다. 백 원밖에 없는데, 백 원 이상의 과자가 탐나 동전만 만지고 있던 어린이를 달래는 일도 슈퍼의 일이었다. 백 원의 딜레마로 슈퍼집 사장님도 어린 손님도 난감할 때 혜성처럼 나타난 것이 있었다. 바로 신호등 사탕이었다.

신호등 사탕은 일반 사탕에 설탕 조각을 묻힌 사탕인데 백 원짜리 과자 중에서 가장 인기가 좋았다. 사탕이 무려 네 개나 들어 있을 뿐만 아니라, 타협할 것도 없이 딱 백 원이었다. 급하게 먹으면 입천장이 까질 정도로 사탕 표면이 거칠었는데, 그 맛에 먹었다. 신호등 사탕은 나눔의 맛이자, 다툼의 맛이었나. 딸기 맛, 멜론 맛, 오렌지 맛, 소다 맛 등 다양한 맛이 들어 있어 나눠 먹기도 좋았는데, 서로 같은 색 맛을 먹고 싶어 다툰 적이 더 많았다.

신호등 사탕은 네거리 사탕, 삼거리 사탕 등으로 이름이 변하기도 하지만 그 내용물은 똑같다. 달라진 게 있다면 백 원의 원천이자, 땅강아지파의 모래였던 모래 놀이터가 사라졌다는 것. 요즘은 모래 놀이터라는 게 있나 싶을 정도로 찾기가 어렵다. 고무매트가 관리하기도 쉽고 안전하다지만 흙 없이 어린 시절을 보내는 어린이들을 보면 못내 아쉽다. 가만 보니 동전 자체도 사라져 버린 셈이다. 이제 어린이들은 백 원만, 백 원만 하지 않고 카드를 달라고 한다. 딸아이에게 돈이 없어 사탕을 못 사 준다고 하니까 아빠는 카드가 많다고 한다. 카드, 카드 소리를 들을 때마다 흙을 헤집던 동전 명당이 그리워진다. 입천장이 까슬해진다.

사브레의 권력

슈퍼에 딸린 단칸방에 살면서도 단 한 번도 가난을 살아 보지는 못했다. 금수저도 은수저도 아니었지만, 슈퍼집 아들이란 이유로 제법 빛나는 숟가락을 물고 태어난 줄 알았다. 특히 소풍 가는 날이면 반 전체가 내 가방만 궁금해할 정도로 소풍의 권력을 입에 문 것은 나였다. 소풍의 모든 권력이 과자로부터 나오니, 과자가 소풍 그 자체였다. 그리고 소풍의 권력이란 남들 위에 군림하는 것이 아니라, 남들의 사정을 보는 일이었다.

나는 슈퍼집 아들이란 작은 권력으로 친구들의 가방 사정을 다 보았다. 대부분의 친구들이 우리 슈퍼에서 소풍 날 들고 갈 과자를 구입했기 때문이다. 친구들 가방에 어떤 과자가 담기는지 나는 다 보고 있었다. 어쨌든 소풍은 입 속의 과제를 풀기 좋은 날. 친구들은 밀린 과제를 풀듯이 과자를 골랐다. 혹여나 맛없는 소풍이 될까 봐, 과자를 고르는 내내 진지했다. 내게는 너무 닳고 닳은 풍경이라 그 진지함이 참 어리다는 생각마저 들었다. 가진 자의 여유라면 여유, 과자 앞에서는 늘 친구들 윗줄인 줄 알았다. 왠지 모를 권력의 맛을 알아 버린 것 같았다.

아무리 소풍이라도 어른들은 치아가 썩지 않을 정도로만 과자를 고르게 했다. 과자의 개수 제한이 오히려 입 속에 군침을 돌게 만들었다. 친구들은 과자 하나라도 맛있는 선택을 하고자, 나부터 바라보았다. 바야흐로 슈퍼집 아들의 영업시간이 온 것이었다. 나는 속내를 들키지 않도록 최대한 따뜻한 눈망울을 유지하면서 봉지 과자, 각 과자, 초콜릿류를 하나씩 고르는 게 좋다고 권유했다. 타고난 영업 능력과 명민한 구성 능력 때문인지 친구들의 가방은 나의 권유로 하나같이 비슷했다. 나는 날씨처럼 소풍의 맛을 결정짓는 아이였다.

막상 소풍날이 오면, 과자가 빛나지는 않는다. 이유 없이 좋고, 굳이 뭘 하지 않아도 좋다. 좋은 것에 이유를 묻는 건 어른이고, 좋은 것에 이유조차 모르는 게 아이이다. 그리하여, 비슷한 과자를 먹어도 특별하게 달달한 하루가 소풍이다. 사실 소풍은 어떤 걸 먹었느냐, 어떤 곳으로 갔냐가 아니다. 그냥 소풍 자체가 소풍의 아름다움을 완성한다. 소풍은 봄과 같다. 머무는 것이 아니라 지나가는 것에 의미가 있다.

그러나 천진한 햇살에 봄날이 지나가도 그냥 지나치기 어려운 것이 있었다. 소풍의 권력자이자, 소풍의 비선 실세 바로 슈퍼집 아들의 가방이었다. 나는 악취미에 가깝게 친구들이 과자를 다 탕진하면, 그제야 가방을 열었다. 주인공이 늦게 등장하는 것처럼, 위선자의 여유처럼 느릿느릿 가방을 열었다. 슈퍼집 아들의 과자는 뭔가 달라도 다를 거야. 과자의 개수도 어마무시할 거야 등 온갖 추측성 수다가 오고 가기도 했다.

나는 진실로 반 친구들의 기대에 부응해 주고 싶었다. 친구들이 깜짝 놀랄 만한 과자들로 소풍의 재미를 더해 주고 싶었다. 마음만은 천진한 봄볕에 그늘의 몸집을 불리는 봄나무 같은 것이었다. 한데, 내 가방에는 달랑 과자 하나밖에 없었다. 소풍날마다 있는 놈들이 더하는 것처럼 군침이 도는 과자가 없었다. 그러나 소풍을 완성할 마지막 퍼즐은 내가 가지고 있는 것 같아, 제법 근사한 과자를 선택해야만 했다.

내가 근사하도록 선택한 과자는 오직 사브레였다. 사브레에 유독 손이 갔던 이유는 어린 맘으로 함부로 손댈 수 없는 과자였기 때문이다. 사브레는 과자 이상의 기품이 있었다. 일반 각 과자와 다르게 황금색 포장지를 두르고 있을 뿐만 아니라, 천 원이 넘었다. 그 당시 과자가 천 원이 넘는다는 건, 주머니의 국경을 넘는 일이었다. 친구들로부터 슈퍼집 아들의 위상을 지키기 위해선 사브레만 한 것이 없었다. 슈퍼집 아들에게 사브레란 소풍에서 신분을 증명하는 여권이었다.

사브레는 소풍의 여권, 좀 먹히는 구석이 있었다. 가방을 열자마자 친구들이 모여들었다. 그 누구도 슈퍼집 아들이 과자를 하나만 가지고 왔다고 면박을 주지 못했다. 친구들은 오직 하나만, 하나만을 외치며 군침을 흘렸다. 나는 그 군침에 감도는 봄볕이 좋아, 정작 내 것은 하나 없이 친구들에게 베풀었다. 프랑스에서는 설탕이 모래알처럼 부서지는 식감 때문에 사브레라고 부른다고 했었나. 나는 딱 하나만 하나만 부르던 그 입술이 더 맛있어서 사브레라고 부르고 있었다. 그것이 내가 아는 권력의 맛이기 때문이다.

소풍의 권력이 무엇이겠는가. 그건 남들보다 특별한 것을 가진 게 아니라, 남들과 나누는 맛이다. 속물처럼 과자

영업을 했지만, 내가 정작 누리고 싶었던 건 나누는 맛이었다. 과자의 구성은 같아도, 과자를 먹고 싶은 순서는 달라서 서로 나누길 바랐을 뿐이다. 어른들이 정한 과자의 개수로부터 자유로워지는 방법은 나누는 방법밖에 없었다. 나 역시 사브레를 선택한 이유는 잘난 척하기보다는, 친구들에게 없는 것을 주고 싶어서였다. 권력이란 군림하는 것이 아니라, 남들의 사정을 누구보다 잘 보는 일이 아닐까?

사실 요즘은 남들보다 내가 잘 사는 일에만 몰두하고 있다. 삶에 눈이 멀어 갈수록 소풍이 끝났다는 생각을 자주 한다. 오랜만에 친구를 만나도 그냥 좋은 일이 없다. 오히려 비교까지 한다. 저놈은 집이라도 있지, 저놈은 번듯한 직장이 있지, 저놈은 혼자지 등 온갖 졸렬한 이유를 가져다 붙이며 '나'만 불행한 사람이 되곤 한다. 내 유년은 단칸방에 살았어도 친구의 마음이 다 내 집이었는데, 지금은 드나드는 방이 있어도 마음은 단칸방이다. 희망 없는 추억처럼 홀로 소주 한잔을 나누는 봄밤, 술잔이 넘친다. 나는 무엇보다 내 마음의 국경을 넘고 싶어, 사브레의 맛을 오래 지나가고 있다.

띠부띠부씰의 권력

구입 가능한 추억은 무서운 것이다. 1990년대 말 '띠부띠부씰'로 한 시대를 풍미했던 포켓몬 빵이 16년 만에 재출시되자, 품귀 현상을 빚고 있다. 편의점, 마트 할 것이 없이 포켓몬 빵 입고 시간이면 줄을 즐비하게 설 뿐만 아니라 웃돈을 주고 구입하는 현상도 벌어지고 있다. 고작 빵에 딸린 스티커 한 조각에 너무 품을 들인다 생각하겠지만 그 한 조각은 추억의 그림을 완성해 줄 뿐만 아니라, 가장 아이다웠던 추억 속으로 지갑을 던지게 하는 힘이 있다. 빵 하나 사기 어려웠던 초딩들이 구매력을 가진 어른이 되었다면 더더욱 그러하다.

사실 포켓몬 빵이 어떤 맛이었는지는 잘 기억이 나지 않는다. 먹었던 기억보다 버렸던 기억이 대부분이기 때문이다. 스티커를 샀는데, 빵을 선물로 줬어요. 포켓몬 빵에 대한 추억이 있는 사람이라면 이 말을 기억할 것이다. 포켓몬 빵을 먹기 위해 구입하는 어린이는 없었다. 오직 띠부띠부씰을 얻기 위해 구입했을 뿐이다. 밥 먹고 돌아서면 배가 고프던 시절이라 생각했는데, 돌이켜 보면 스티커 한 장이 더 고프던 시절이기도 했다. 어쩌면 지금의 품귀 현상은 어린 시절 다 채우지 못한 어떤 빈칸을 채우고 있는지도.

나는 추억의 포켓몬 빵이 재출시된다고 하니, 퍽퍽한 빵을 다시 욱여넣는 기분이 들었다. 그리고 끝내 목이 메던 국민학교 3학년 4반의 교실이 떠올랐다. 보통 반에서 반장을 하는 아이들은 두 부류였다. 공부를 잘하는 아이이거나, 집이 잘사는 아이. 그런데 나는 그 두 부류에 속하지 않으면서도 반장을 놓치지 않았다. 슈퍼집 아들이란 미명은 간식에 눈이 먼 아이들에게 달콤한 유혹이었던 셈이다. 나는 반장 선거에 나갈 때마다 우리 반의 걸레가 되겠다, 머슴이 되겠다, 는 등의 구차한 연설을 하지 않았다. 그냥 딱 한마디만 했을 뿐이다.

"간식으로 뭐가 좋을까?"

3학년 4반 친구들은 일제히 '우린 모두 친구, 울랄라~ 내가 원하는 걸 네가 원하고~' 포켓몬 주제가를 불렀다. 떼창도 그런 떼창이 없었다. 나는 그때 몰표로 반장에 당선이 되었고, 공약으로 내건 포켓몬 빵을 반드시 간식으로 바쳐야 했다. 엄마는 내가 반장이 되었다고 하니, 기뻐하기보다는 이번에는 뭘 주냐고 물었다. 어린이의 권력이란 엄마의 고민이구나 싶으면서도 나는 천진난만하게 공약 이행 간식을 말했다. 그리고 엄마는 포켓몬 빵뿐만 아니라 항아리 우유까지 바리바리 싸서 학교에 오셨다.

포켓몬 빵과 항아리 우유를 받은 아이들은 자신이 뽑은 권력의 맛을 보고 있었다. 그런데 우유만 홀랑 먹고 포켓몬 빵은 쓰레기통에 버리려고 하는 것이었다. 예상은 했지만, 삼립 대리점에 전화해 통사정하던 엄마의 모습이 떠올랐다. 난 간식을 사 준 게 아니야, 스티커를 사 준 거라고 생각할수록, 권력을 쥔 아들 때문에 애가 타던 목소리가 목이 메게 들려왔다. 나는 친구들에게 버릴 거면 차라리 나한테 버리라고 했고, 빵을 버리는 일은 불효라 믿으며 꾸역꾸역 입 속으로 빵을 욱여넣었다.

그날 화장실에서 몇 번이나 토악질을 했을까? 피카츄, 파이리, 꼬부기, 고오스, 푸린 등이 나를 잡는 것 같았다. 그리고 생각했다. 권력이란 참으로 구역질이 나도록 배부른 것이구나. 함부로 권력을 쥐면 배탈이 나는 법이구나. 띠부띠부씰을 얻고자 혈안인 사람들을 볼 때마다 기십만 원에 스티커 한 장이 거래될 때마다 나는 왠지 추억이 무섭게 빵을 욱여넣는 것만 같았다.

이상한 왕따의 짝궁

국립국어원에 따르면 짝궁이 아니라 짝꿍이 올바른 표기법이라고 한다. 그러나 왠지 추억의 맞춤법 속에는 짝궁이 올바른 표현인 것 같다. 아주 특별한 이유는 없고, 그냥 '짝궁' 과자가 있었기 때문이다. 맞춤법은 틀렸을지 몰라도, 새콤달콤한 그 맛은 항상 옳았다.

짝궁은 크라운 제과에서 1995년에 출시되었다. 80~90년대 생들이 특별히 기억할 만한 과자라 할 수 있겠다. 아니, 과자라기보다는 맛사탕이었다. 일명 비비탄 사탕. 짝궁은 생김새부터 어린애들의 호기심을 자극하기에 충분했다. 넓적한 성냥갑 같은 상자를 열면 두 칸으로 나눠져 있었는데, '짝' 칸에는 포도 맛 사탕이 '궁' 칸에는 딸기 맛 사탕이 들어 있었다. 한 번에 두 가지 맛을 즐긴다는 점도 재미있었지만, 안 사고는 못 배기게 했던 건 작지만 강렬한 새콤달콤함 때문이었다.

짝궁은 사탕 중에서 가장 압축미가 뛰어나면서도 개성이 확실했다. 보석 반지 사탕, 눈깔사탕, 색소 사탕, 맥주 사탕 등이 담아내지 못한 신맛이 들어 있을 뿐만 아니라, 수업 시간에 먹어도 들키지 않을 은폐의 재미도 들어 있었다. 짝꿍의 참맛은 수업 시간에 먹는 맛. 한 알씩, 한 알씩 몰래 먹다 보면 오전 수업이 후딱 가곤 했다. 시간을 응축하는 알약과 다름없었다. 어쩌면 이 작은 알약은 어린 시절, 가장 좋은 짝꿍이었을지 모르겠다.

사실 나는 책상에 금을 긋고 싸우던 짝이 없었다. 또래보다 유난히 키가 큰 탓에 뒷자리 담당이기도 했지만 이상한 왕따였던 것 같다. 친구를 좋아하지만 혼자 있는 걸 좋아했고, 혼자 있는 걸 못 견디면서도 사랑을 받고 싶어 했다. 이기적이면서도 약했고, 약하면서도 강해 보이고 싶었다. 그런 나를 온전히 이해할 친구도, 선생님도, 세상도 없을 것이므로 나는 말하지 않고 삼켰다. 이때 짝꿍은 사탕이 아니라, 신비로운 묘약이 되었다. 새콤달콤한 향이 입안에 머무르면 막막한 시간들이 동화처럼 바뀌곤 했다.

나의 어린 시절, 새삼 짝꿍 사탕이야말로 달달하게 녹아드는 속 깊은 친구였다는 걸 알겠다. 작은 사탕이 무슨 친구냐고 하겠지만, 이상한 왕따한테는 사탕 한 알도 큰 위로가 되었다. 누구나 영혼부터 따뜻하게 해 주는 음식이 있을 것이다. 오랜 벗 같고, 없던 힘을 생기게 하는. 나에겐 그게 아주 특별한 음식이 아니라, 그냥 짝꿍 사랑이었다.

　　새삼 묻고 싶어진다. 사람들한테 얻게 되는 힘도 있지만, 사람들로부터 받는 상처가 클 때가 있다. 그때 당신의 텅 빈 시간을 함께 채울 짝꿍은 누구인가? 사람 말고 당신의 영혼을 가만히 들어 주는 것은 무엇인가? 그 짝꿍은 어떤 신비로운 능력이 있는가?

최고의 콤비 플레이

사은품으로 나온 캠핑 의자 때문에 커피 열일곱 잔을 마시던 날이었다. 문득 가장 순수하게 사은품에 마음을 빼앗겼던 날이 떠올랐다. 먼저 포켓몬 빵이 떠올랐지만, 단번에 마음을 빼앗긴 건 치토스였다. 그냥 따조, 회오리 따조, 홀로그램 따조, 스페이스잼 따조, 멀크와 스웨트 따조, 야광 따조 등 치토스를 먹었던 기억보다 따조를 모았던 추억이 압도적이었다.

따조 이름을 하나하나 부르다 보니, 옛 친구 흥권이도 생각이 났다. 흥권이는 나랑 이름은 비슷하지만 많이 친했던 사이는 아니었다. 그저 내가 좋아하는 축구를 잘해서 뭐라도 잘해 주고 싶은 친구였다. 내 기억으로 흥권이는 할머니 손에 자랐으며, 군것질을 할 형편이 아니었다. 친구들은 축구가 끝나면 우르르 우리 슈퍼에 몰려와 허기와 갈증을 달랬는데, 흥권이만 늘 빠져 있었다. 제일 많이 뛰고, 축구도 제일 잘했지만 군것질 주전은 아니었다. 무슨 맘이었는지 모르지만 흥권에게 가장 좋아하는 과자가 무엇이냐고 물은 적이 있었다. 흥권이는 치토스 불고기 맛 좀 원 없이 먹고 싶다고 했다. 나는 따조 때문이냐고 되물었는데, 흥권이는 따조보다 치토스가 너무 맛

있다며 입맛을 다셨다.

나는 슈퍼집 아들로서 사명감마저 들었다. 스트라이커 흥권이의 소원을 들어주는 일이야말로 영혼의 어시스트를 해 주는 일 같았다. 어머니는 종종 내게 슈퍼를 맡기고 일을 보시곤 했다. 어머니가 슈퍼를 비울 때 흥권이를 불러야지. 불러서 마구마구 치토스를 먹여야지. 따조는 내가 챙겨야지. 봉지는 걸리지 않도록 학교에 버려야지. 올망졸망한 전략이었지만, 마음이 제법 진지하기도 했다. 어머니한테 걸리면 종아리부터 살아남지 못할 게 뻔했기 때문이다.

마침내 어머니가 내게 슈퍼를 맡기던 날, 전략대로 흥권이를 불렀다. 그날 치토스는 무려 아홉 봉지가 희생되었다. 흥권이는 원 없이 군것질을 했고, 나는 성실하게 군것질을 하지 않아도 따조를 얻었다. 치밀한 전략 덕분에 어머니한테 들키지도 않았다. 절대 따조를 얻겠다고 흥권이 소원을 적극적으로 들어준 것은 아니었지만, 나의 작은 꿈을 이룬 날이기도 했다. 잘 나오지 않았던 마이클 조던 따조를 얻었기 때문이다. 서로 얻고자 한 것은 달랐지만 우리는 치토스 봉지를 뜯을 때마다 마음의 속살을 보여 주는 것 같았다. 최고의 콤비 플레이어가 되고 있었다.

이웃하는 적

대형 마트가 없던 시절에도 방울 슈퍼의 매상을 위협하는 적이 있었다. 그런데 이 적은 반가운 적이어서 어른 아이 할 것 없이 좋아했다. 지금 골목 인심 같으면 쫓아내고도 남았겠지만, 그때는 장날처럼 골목의 분위기를 한껏 들뜨게 했다. 엄마가 제일 웃기게 행동했다. 매상의 적인지도 모르고 묵은 쌀이나 묵은 떡을 찾고 있었다. 내 눈에는 슈퍼집 사장이 다른 슈퍼 가서 매상을 올리는 일 같았는데, 엄마는 방귀차를 만난 어린아이마냥 희게 웃을 뿐이었다.

나는 수학은 잘하지 못했지만, 방울 슈퍼 물건값을 계산하며 산수만큼은 완벽히 깨우쳤다. 생활밀착형 산수꾼이자, 초등학교 6년 내내 산수 만점의 전설이었다. 기억이 왜곡되었는지 모르지만, 셈을 틀려 고생한 역사는 없다. 나는 무엇보다 적이 나타나면 무엇이 손해인지 본능적으로 알았다. 일단 과자 매출이 확 줄었다. 적이 유혹하는 과자는 슈퍼 과자에 비해 딱히 맛있지도 않았다. 그런데도 방울 슈퍼 매상에 지대한 영향을 주고 있었다. 코흘리개 과잣값이 얼마나 되냐고 그러겠지만, 과자처럼 쏠쏠하게 이문이 남는 것도 없었다. 방울 슈퍼는 동네에서 몇 안 되는 코흘리개의 핫플레이스이자, 용돈 플렉스의 성지였다. 그러나 적이 나타나면 이야기가 달라졌다.

"뻥이요."

맞다. 그 적이 유혹하는 맛은 미각이 아니라 청각이었다. 골목이 떠내려갈 정도로 큰 소리에 있었다. 뻥이요, 소리가 들릴 때마다 어른 아이 할 것 없이 금방 터질 것 같은 폭탄의 눈빛이 되곤 했다. 잠시 추억의 데시벨 중 가장 큰 것이 무엇인지 상상해 보시라. 한밤중 허기를 날리는 목청 좋은 메밀묵, 찹쌀떡 장사도 생각나겠지만 나는 뻥튀기 아저씨의 뻥이요 소리가 먼저 들려온다. 나도 사실, 뻥튀기 장사가 신기하긴 했다. 손톱만 한 떡이 손바닥만 한 과자가 되는 것도 신기했고, 마법의 가루(사카린) 한 스푼에 묵은쌀이 달달한 튀밥이 되는 것도 신기했다. 어떤 곡식을 줘도 뻥튀기 아저씨는 결말이 창대한 맛을 내는 것 같았다. 뻥이요, 골목을 장악하는 그 소리는 어떠한가. 흰 연기는 새로운 존재를 소환할 수 있을 거라 생각했던 적도 있다. 그러나 나는 매상에 민감하면서도 셈이 빠른 슈퍼집 아들이지 않은가. 오직 슈퍼집 아들의 자존심으로 뻥튀기에 혹하지 않고, 원망을 했다.

지금 잣대로 뻥튀기를 생각하면 불법으로 제조하고 유통하는 불량식품인 것도 같고, 심각한 소음 공해를 야기할 뿐만 아니라 합법적인 장사까지 위협하는 공공의 적으로까지 생각이 든다. 그러나 내 유년의 골목은 이웃을 따돌리는 골목이 아니라, 서로의 무릎을 잇는 인심 좋은 골목이었다. 사막 같은 세상이 아니라, 사람이 드나들기 좋은 세상이었다. 그 세상으로부터 아주 지나 버린 지금, 나는 이젠 원망 대신 그 뻥이요, 소리가 그립다. 추억은 다시 쓰여야 한다. 뻥튀기 소리는 매상을 위협하는 적이 아니라, 이웃하는 적이었다. 층간 소음 때문에 이웃을 죽이고, 이웃의 아이가 맞아 죽어도 모르는 이 개 뻥 같은 세상에 진짜 뻥이 무어냐고 묻는 소리였다.

미니쉘, 없는 마음도 고백하고 싶은

방울 슈퍼는 참으로 많은 도둑들을 거느리고 있었다. 코흘리개부터 다 큰 어른까지 범죄적 충동을 일으키기에 좋은 곳이었다. 때문에 슈퍼집 여자는 매의 눈이 되어야만 했다. 도둑놈들의 취향은 늘 한결같았다. 부산스러운 봉지 과자보다 초콜릿을 선호했다. 초콜릿은 질적으로나 미적으로나 도둑의 마음을 훔치기 좋았다. 달콤한 유혹이었을 것이다. 하여, 초콜릿류는 슈퍼집 여자 눈에 잘 보이는 곳에 비치되었고, 개수까지 세어 놓았다. 그런데도 가장 많이 도둑맞는 건 언제나 초콜릿류였다. 그중에서도 독보적인 도둑들의 취향은 미니쉘이었다.

도둑의 한결같은 취향, 미니쉘은 1991년 크라운 제과에서 출시된 작은 정사각형의 초콜릿이다. 그 앙증맞은 몸집에도 딸기, 요구르트, 아몬드, 모카 맛이 알차게 들어 있다. 심지어 작은 장미 문양이 새겨져 있어, 없는 마음도 고백하고 싶은 초콜릿이다. 개별 포장이라 나눠 먹기도 좋고, 사소한 애정을 표현하기에도 그만이었다. 행과 연을 나누듯 잘 포장된 초콜릿은 고도로 응축한 한 편의 시 같았으며, 부담스럽지 않은 은유의 맛이 있다. 다만, 슈퍼집 여자에겐 가슴부터 불을 지르는, 화병이 돋는 초콜릿이 미니쉘이었다.

동서고금을 막론하고 가장 큰 적은 내부에 있다. 도둑도 마찬가지다. 방울 슈퍼의 가장 큰 도둑은 딱 하나밖에 없는 슈퍼집 아들, 바로 나였다. 큰 도둑, 나로 말할 것 같으면 거두절미하고 진짜 나쁜 놈이었다. 금수저도 은수저도 아니고, 슈퍼 수저를 입에 물고 태어났으므로 거칠 것이 없었다. 따조를 얻고 싶으면 그냥 치토스 봉지를 뜯었다. 한 번에 열두 봉지를 뜯는 일도 두려워하지 않았으니, 동네 아이들에 사이에선 '마르지 않는 따조의 신'이라 불리었다. 더불어 신의 연민까지 갖추고 있었으므로 친구들이 먹고 싶어 하는 사브레, 버터링, 브라우닝 등 고급 과자들을 수없이 훔쳐다 주었다. 신이 흔히 겪는 고난처럼 슈퍼집 여자한테 걸려 비 오는 날 먼지가 나도록 두들겨 맞았다. 그러나 과자의 신, 나는 달콤한 유혹에 빠진 어린양들을 구하는 길을 마다하지 않았다. 그중에서도 가장 큰 도둑질은 금고에서 오백 원씩 훔친 일이었다.

과자를 훔치는 것과 돈을 훔치는 일은 다른 문제였다. 과자를 훔치는 건 슈퍼집 아들의 숙명 같은 거지만 돈을 훔치는 건 엄마와의 믿음을 완전히 저버리는 나쁜 아들이 되는 것이었다. 그러나 없는 마음도 고백하고 싶은 미니쉘 때문에, 나는 나쁜 아들의 길을 택했다. 때는 국민학교에서 초등학교로 이름을 바꿀 무렵이었고, 멋모르는 가슴에도 장미 같은 불길이 일어서고 있었다. 첫사랑이었다.

내 마음을 크게 훔쳐 간 첫사랑은 철강회사 회장님 집 딸이었다. 나는 철을 녹이는 용광로의 심정으로 훔친 오백 원으로 장미꽃을 샀다. 장미꽃으로 모자란 것 같아 방울 슈퍼의 도둑들이 흠모하는 미니쉘을 훔쳤다. 사나이의 고백에 내 것이 하나 없는 것 같아, 시 같은 편지도 썼다. 무식이 순정이었으므로, 그 짓을 백 일을 넘도록 했다. 스스로 기꺼웠다. 매일매일 초인종을 누르고 장미 한 송이와, 미니쉘과, 시 같은 편지를 투척했다. 그런데도 가시 돋친 말 한마디 돌아오지 않았다. 철강회사 딸한테 철저하게 무시당했다.

단칸방에 겨우 세 들어 사는 슈퍼집 아들과, 이층집 회장님 딸은 어떤 고백으로도 닿을 수 없는 넓이와 높이가 있었나? 그때는 디카프리오 주연의 영화 <로미오와 줄리엣>이 나올 즈음이기도 했는데, 보면서 온몸이 물이 되도록 울었다. 나 역시 신분을 뛰어넘는 사랑을 꿈꾼 것 같았기 때문이다. 그렇게 내 첫사랑은 비운의 주인공인 양 짝사랑으로 끝이 났다.

미니쉘은 여전히 앙증맞고, 없는 마음도 고백하게 한다. 한 입에 넣어 녹여 먹으면 그리운 풍경이 온다. 매일같이 거금 오백 원을 훔치던 나쁜 아들이 온다. 초인종을 누르고 열나게 뛰던 이마에 송글송글 땀이 맺힌 소년이 온다. 시 같은 편지가 아름다웠던 시절이 온다. 첫사랑은 아니 오고, 처음으로 마음을 도둑맞았던 그때의 내가 온다.

천 원의 힘

돈은 얼마나 있어야 행복한 것일까. 많으면 많을수록 좋겠지만, 난 딱 천 원 정도만 남는 인생이라면 행복하다 할 수 있겠다. 천 원은 너무 낭만적인 액수라고, 네가 그러니까 시인 나부랭이라고, 아이 둘을 키우고도 그리 모르냐고…. 세상의 조롱거리가 될지라도 나는 진실로 행복으로 가는 금액은 천 원이면 족하다고 믿게 되었다.

천 원이란 무엇인가? 현재 세상의 논리라면 지하철도 탈 수 없고, 허기진 배를 채우는 김밥 한 줄도 살 수 없는 금액이다. 김밥천국도 지옥이 된 지 오래다. 그러나 내 가난한 영혼을 배부르게 하고, 발끝부터 뜨거워 이 세상 어디로도 갈 수 있게 하는 힘을 가진 액수는 아무리 생각해 봐도 천 원이다.

나는 짜장면 한 그릇이 천 원이었던 시절, 택시 기본요금이 천 원이었던 시절, 제도 샤프 한 자루면 사랑을 또박또박 적을 수 있었던 시절을 호명하는 것이 아니다. 엄밀히 따지면 그 시절의 천 원은 내게 가성비 좋은 지옥에 불과했다. 천 원도 없었을 뿐만 아니라, 천 원으로 행복을 물을 만큼 내 불행이 소박하지도 않았다. 다만, 행복의 액수를 물을 때마다 천 원은, 천 원이 거느린 아름다운 풍경을 우표도 없이 보내 준다.

　가장 먼저 편지처럼 도착하는 천 원은 가난한 내 어머니의 구멍 난 양말이다. 가난한 냄새가 진동하듯 그 구멍 난 양말에는 어머니로서 지켜내야 할 민낯이 있었고 꿰매도 꿰매어지지 않는 어머니의 살풍경이 있었다. 엄마 양말에 구멍 났어요, 라고 말하면 엄마는 이 세상에 아름다움은 없다는 듯 '그러냐'라는 대답만 했다. 어린 내게는 그 말이 가난은 어쩔 수 없다는 말로 들렸고, 구멍 난 양말이 일평생 내가 마주해야 할 눈동자인 것 같았다.

　그러냐, 그러냐, 그러냐. 어머니의 말에 내 마음에도 구멍이 났을 때였던가. 중학교 선생이자, 낮술 단골인 류선생님이 어머니한테 천 원짜리 한 장을 건넸다. 천 원으로 양말 한 켤레 사라는 것이었다. 선생님답게 양말은 몸의 그릇이라는 훈계도 잊지 않았다 자존심 강한 나의 어머니는 세상에 없는 다른 그릇을 보여 줄 것 같았지만 류선생님의 뒷모습이 사라질 때까지 고개 숙여 감사하다고 했다. 그리고 슈퍼 주인임에도 판매하는 양말 한 켤레를 손님처럼 신었다. 나는 구멍 하나 나지 않은 어머니의 새 양말이 왠지 맨발보다 쓰리고, 막막하게 느껴졌다.

오직 돈 때문에 속이 쓰리고, 막막한 날이 오면 가끔 어머니의 새 양말이 생각난다. 돈 자랑하는 것들한테 라면 던지기 신공까지 펼치며, 기 한번 죽지 않았던 어머니인데. 집 안에 시뻘건 차압 딱지가 붙여지고 등치 큰 사내들이 협박을 해도 눈 하나 깜짝하지 않았던 어머니인데. 왜 천 원짜리 한 장을 그토록 고마워했을까. 양말 한 켤레가 인생 전체를 감싸는 온기인 듯 따뜻한 미소를 지었을까. 새삼 궁금해, 어머니한테 류 선생님의 양말 한 켤레를 기억하냐고 물었다. 어머니는 영혼의 가장 따뜻했던 날을 만난 듯 대답을 아끼지 않았다.

"방울 슈퍼 할 때 류 선생님이 건넨 천 원은 천만 원보다 컸어. 비록 양말 한 켤레지만, 누군가 날 생각해 준다는 게 참으로 크게 다가오더라. 남편도 자식도 나조차도 나를 함부로 대하던 시절인데, 돈 천 원으로 나도 귀한 사람이란 걸 알았지. 아들아, 사는 게 아무리 퍽퍽해도 너만 생각하지 말고, 곁을 잘 살펴야 한다, 돈은 없어도 살 수 있지만, 천 원도 못 베푸는 마음으로는 못 사는 거라."

어머니의 말씀은 역시 받아 적기만 해도 한 편의 아름다운 시다. 다시 묻게 되었다. 천 원이란 무엇인가? 천 원은 나보다 남을 먼저 생각하는 마음의 액수이다. 나는 돈 천 원도 없다고 한탄하는 사람이 아니라, 돈 천 원이라도 돕고 싶은 사람이 되고 싶어졌다. 나만, 내 가족만 귀하게 여기는 삶은 지옥과 다름없을 것이다. 나는 진실로 행복해지고 싶은 사람, 천 원의 힘을 믿게 되었다.

방울 슈퍼 아줌마의 과거

산의 눈시울이 뜨거워지고 있다. 그리워할 수 있는 가을이란 얼마나 뜨거운 영혼을 만나게 하는가. 나는 오늘 가을만을 향해 달려온 단풍나무의 발바닥을 만나고 말았으니, 도무지 푸를 곳 없이 붉었다. 마음의 풍경으로부터 번지는 노을빛, 그 핏빛을 빌려 가을의 전설 하나 깨우고 싶었다.

엄마랑 산을 오르는 일. 내가 세상에 와서 가장 즐거워하는 일 중에 하나다. 잘나가는 아들은 아니어서 값비싼 보약은 못 챙겨 주지만, 엄마랑 산을 오르면 잘 지은 보약 한 제를 나눠 먹는 기분이다. 세심하게 건강검진을 확인하지 못해도, 산에 오르면 엄마의 심장 크기까지 알 수 있을 것 같다. 산은 엄마의 건강을 가장 잘 진단해 주는 건강검진센터인 셈이다. 이번 산행에도 엄마는 전설임을 증명하였다.

아홉 마리의 봉황도 아는 구봉산의 전설이 있다. 엄마의 달리기 전설이다. 컬투쇼 김태균 디제이가 부모 달리기 대회에서 열두 번 우승을 했다던데, 내 엄마가 그랬다. 반올림 정신을 화끈하게 발휘하여 키 160cm로 불리고 싶은, 155.5cm의 엄마지만, 엄마는 진짜 빨랐다. 빠르기만 했으면 전설이 되기는 어려웠을 텐데 드라마까지 있었다. 반 바퀴 차이로 압도적 승리를 하거나, 두 번 정도 넘어지고 1등을 쉽게 하는, 단지 빠름으로 재단할 수 없는 대적 불가의 1등이었다.

아이들이 주인공이 되어야 할 운동회에 늘 주인공이 되는 건 엄마였다. 만국기가 펄럭이는 운동장도, 청군과 백군으로 나뉘던 승부도 엄마가 달리기를 시작하면 모두 한 나라이자 한편이었다. 가을 운동회의 꽃은 이어달리기가 아니라 엄마의 달리기라 해야 옳은 표현이었다. 방울 슈퍼 아줌마 나왔다, 는 말이 나오면 운동장 전체에 긴장감이 맴돌았다. 모두 숨죽인 채 두 줄기 땀을 목에 흘리고 있었다. 시합을 알리는 총성이 울리면, 엄마는 어김없이 압도적으로 1등을 하거나, 영화에서나 나올 것 같은 역전극을 보여 주곤 했었다. 엄마의 달리기는 실시간으로 보여 주는 스포츠 영화와 다름없었다.

나중에 안 사실이지만, 엄마는 전라남도에서 중학교 대표까지 했던 육상 선수 출신이었다. 짤막한 다리에 뱃 살 룩, 슈퍼집 아줌마의 왕년이 육상 선출이라니. 그 누구도 짐작하지 못했을 것이다. 어쩌면 내가 알지 못하는 엄마의 왕년은 더욱더 화려하고 위대할지도 모른다. 슈퍼집 아줌마는 엄마가 살아내고 있는 작은 배역에 불과할지도 모른다. 앞으로 보여 줄 엄마의 왕년에 새삼 심장이 뛰기 시작했다.

2장
장대비가 내리는 세상이라도

장마철이면 방이 운다고, 연탄을 때웠다. 습기를 잡겠다고 불을 놓는 것인데, 그 불은 우는 아이를 뚝 그치게 하는 맛이 있었다. 연탄불에 구워 먹는 쫀드기의 맛. 누군가에겐 마냥 달콤한 맛이겠지만, 나에게는 눈물을 닦아 주는 맛이었다.

마을의 공포

마을마다 엄마들의 공갈 협박을 신뢰하게 만드는 존재가 있다. 가령 망태 할아버지가 그렇다. 엄마들은 자신의 말을 듣지 않으면 망태 할아버지가 잡아간다고 협박 아닌 협박을 한다. 거짓말 같아도 마을에는 망태를 든 할아버지가 반드시 있고, 어린 반항심을 바로잡기에 충분한 근거가 된다.

내가 살던 마을에도 엄마의 협박을 완성하는 존재가 몇 있었다. 학교에 가지 않으면 한쪽 발을 잘라 간다는 낫을 든 절뚝발이 광호 형, 오줌싸개들 고추를 떼어 간다는 영채 형, 교련복을 입고 전두환 만세를 외치던 전두환이랑 똑 닮은 반공 할아버지 등 엄마의 훈육을 돕는 조력자들이 많았다.

돌이켜 보면 안타깝다. 협박의 근거가 되는 대상들은 단지 신체가 불편하거나 정신이 아픈 사람들에 지나지 않았다. 광호 형은 소아마비로 다리를 잃고 엄마 밭일을 도왔던 것뿐이고 지적 장애를 가진 영채 형은 유난히 큰 덩치로 아이들을 좋아해, 오줌싸개들에게 공포의 대상이 되었다. 반공 할아버지는 어떠한가. 국가에 이바지하다 정신이 아픈 국가유공자가 되었을 뿐인데, 마을 아이들 훈육하는 데서만 그 공을 인정받았다. 제일 어이없는 엄마의 협박은 반공 할아버지 '썰'이었다. 머리를 안 감으면 대머리 반공 할아버지가 된다고 했다. 심지어 전두환이라니.

나는 뜻밖에 엄마가 하는 겁박을 전혀 믿지 않았다. 할머니 손에 컸을 때의 일인가. 마을에 무덤이 유독 많아, 할머니한테 무섭다고 징징거린 적이 많았다. 그럴 때마다 할머니는 단 한마디로 어린 손자를 설득해 버렸다.

"그 무덤들, 다 너 예뻐하던 할머니들이야."

할머니의 이 말은 사후의 할머니들을 편견 없이 바라보게 해 주었다. 무덤을 공포의 대상이 아니라, 그냥 할머니로 보게 했다. 귀신이면 어떠한가. 진실로 그토록 날 예뻐하던 할머니들이 나한테 해코지할 일은 없었다. 노인정에 출두하는 것처럼 일제히 내 앞에 나타난다고 해도 나는 인사부터 할 것이다. 그짝 세상은 살 만하십니

까? 맥걸리 좀 받아 드립니까? 할머니들 특유의 사투리
로 반갑게 맞이할 것이다.

왜 수프가 배고픈가

나는 할머니 손에 자랐으므로 그 주름진 손으로 짓던 저녁밥을 기억한다. 어두울 것 없이 흰, 그 저녁밥에는 어떤 어둠도 살아내지 못한 흰빛이 있어 저녁은 쌀알 같은 별자리로 무성할 뿐이었다. 고봉으로 가득한 밥을 먹으면, 세상의 모든 저녁이 다 환해지기도 했으니 할머니의 손은 나의 작은 우주였다.

문득, 억울함으로 가득한 유년 시절이 생각난다. 나는 착한 아이인데 왜 할머니한테 맡겨졌나. 밥도 잘 먹고, 공부도 곧잘 했는데 왜 할머니한테 버려졌나. 내 유년을 하나의 사물로 표현하라면 버려질 대로 버려진 페트병이었다. 재활용되기를 바라면서도 당장의 쓸모가 없는 페트병. 어떤 은유는 가르쳐 주지 않아도 무엇이 '나'인지 알것 같았다. 할머니 집에 맡겨질 때마다 억척스러운 엄마는 언성이 높았고, 아빠는 밥상을 뒤엎고 있었다. 나는 그싸움의 끝이 할머니 집이란 걸 알아서 마음이 늙어 가는 것 같았다. 늙어 가는 감정에 익숙해질수록 할머니 집에자주 맡겨졌다.

할머니의 집은 시나브로 물결을 풀어놓는 여자만 앞

이었다. 꼬막 대신 페트병 가득 흰발농게를 잡으며, 생명의 경이로움을 발견하기보다는 시간을 죽이기 좋은 곳이었다. 더 이상 죽일 수도 없는 저녁이 오면, 할머니 손에는 뻘투성이 손자가 맡겨졌다. 싸락싸락 꼬막을 씻듯이 어린 손자가 몸을 씻으면 흰 김이 오롯한 저녁상이 차려졌다. 갓 삶은 꼬막, 청각나물, 농게장, 멸치볶음, 도다리 미역국 등 사실 할머니의 밥상은 어린것이 입에 담기엔 버거운 맛이었다. 그런데도 이내 길들여졌다. 오히려 비린 것이 없는 밥상은 허허롭게 느껴지기도 했다. 내가 어릴 때부터 아저씨 입맛을 자랑하게 된 건 팔 할이 할머니 때문일 것이다. 여수 말로 개미로 가득한 그 맛은 내 유년의 맛이자, 일평생 그리워할 할머니의 맛이 되었다.

그러나 할머니라고 발음할 때마다 여수 바다가 키운 별자리 무성한 밥상이 아니라, 뜻밖의 밥상이 먼저 떠오른다. 아마 그날도 부모님의 부부 싸움으로 할머니 손에 맡겨진 날이었을 것이다. 갑작스러운 소나기에 등허리가 드러나듯이 할머니의 저녁상엔 어린 손자가 먹을 것이 없었다. 조릴 대로 조린 갈치조림, 묵은내가 가시지 않는 쉰 김치가 전부였다. 손자에게 뭐라도 먹여야 했으나 먹일 만한 것이 없었다. 그날 나는 할머니로부터 뜻밖의 밥상을 받았다. 오뚜기 수프에 흰밥이 말아져 있었다.

본디 수프란 부드럽게 속을 다스리거나, 입맛을 돋우는 식전 음식이지 않았나. 그러나 할머니 수프는 메인 메뉴였다. 오직 어린것을 배불리 먹어야겠다는 마음이 상 한복판을 차지하고 있었다. 수프와 섞인 흰밥의 맛은 어땠을까. 꼭 한번 먹어 보라고 권하고 싶다. 한국식 리소토 같은, 어릴 때긴 했지만 나는 정말로 잘 먹었다. 그렇게 잘 먹어서 할머니는 뾰족하게 저녁상이 생각나지 않을 때, 입술이 파랗게 바닷가에서 놀고 왔을 때, 내가 아플 때마다 수프에 흰밥을 말아 주셨다. 참으로 신비롭게도 뚝딱 한 그릇 하고 나면 허기도 추위도 아픔도 씻은 듯이 나았다. 오뚜기 소고기 수프는 할머니의 묘약이자, 부모의 부재를 따뜻하게 덮어 주는 솜이불 같은 거였다.

이젠 할머니가 없는 세상을 살고 있다. 먹고살기가 얼마나 좋아졌는지. 탄수화물이 인류의 적인 양 떠들어대는 세상이다. 흰밥, 흰 소금, 밀가루는 최대한 적게 먹는 것이 건강한 삶이라고 말한다. 나보다 똑똑한 작자들의 말이겠지만 그 똑똑한 작자들 때문에 인생이 허기로 가득한 날에는 할머니의 수프, 그것도 흰밥을 아주 잘 말아 넣은 오뚜기 소고기 수프가 그립다. 그 한 숟가락만 먹어도 더운 피가 돌고, 영혼부터 살찔 것 같은데 이제는 먹을 수 없다. 세상에 수프가 천지라 할지라도 할머니 사랑이 없는 수프는 먹을수록 배고프다. 유명 셰프의 레스토랑에서 수프를 먹을 때마다 나는 말한다. 왜 수프가 배고픈가.

닭다리를 먹지 않는 이유 1

치킨이 너무하지 않은가. 한 마리에 이만 원을 호가하고 있다. 더 이상 서민 음식은 아니라는 듯 삼만 원짜리 치킨도 등장하고 말았다. 문제는 치킨값이 몹시 못마땅할수록, 치킨은 맛있다. 왜 맛있냐고 물어도 맛있고, 왜 먹었을까 후회해도 맛있다. 나는 일생을 자존심 하나로 버텨 왔다. 그러나 맛있는 것 앞에서는 자존심을 지키지 않는다. 어떤 감정으로도 잘 먹을 뿐이다. 아무리 아니꼬워도 기름기가 좔좔 흐르는 치킨 앞에서는 기꺼운 노예가 되어 버린다. 맛없고 멋있는 인생보다, 맛있고 멋없는 인생이 영혼을 기름지게 한다고 믿기 때문이다.

그 믿음으로 사람한테 씻을 수 없는 상처를 받아도 나는 먹고 있었다. 먹는 일이 세상을 사랑하는 어떤 근원을 찾는 일이어서, 여동생이 사경을 헤맬 때에도 육개장을 토하지 않고 먹었다. 여동생은 무병을 앓았다. 까닭 없이 아프고, 까닭 없이 생사의 갈림길에 서 있었다. 모두들 무당이 되지 않으면 죽어도 낫지 않는 병이라 했다. 심지어는 손가락질 받는 일을 하지 않으면 죽는 병이라며, 새파랗게 젊은 여동생의 인생을 점치고 있었다.

내 여동생이 욕먹어야 사는 인생이라니. 너무 가혹한 운명이었다. 시인이 그래도 무당보다는 한 끗발 정도는 낫지 않겠나. 여동생의 몸에 귀신이 기웃거릴 때 나는 신이 울고 갈 문장을 생각해 보았다. 서양에서는 귀신을 물리칠 대상으로 보지만, 동양에서는 잘 먹이고 베풀고 감동을 줘야 하는 존재가 귀신이다. 일단 먹이는 게 귀신을 달래는 방식이다. 나는 한국 사람, 귀신의 텃새와 이웃하고 싶었다. 그런데도 무릎을 칠 만한 운명적인 시가 떠오르지 않았다. 그 옛날 자물쇠 대신 숟가락을 꽂던 것처럼 일단 먹이자는 심정이었다. 치킨의 다리부터 찢어 올렸다.

나는 먹는 걸 두려워하지 않는다. 소간, 제비집, 발롯, 홍어, 양머리, 취두부, 시벳커피 등 세상의 혐오식품도 없어서 못 먹지, 있는데 못 먹지 않는다. 고백하자면 잘살지는 못해도 잘 먹지 못했던 날도 없다. 그러나 힌두교의 소처럼 이슬람교의 돼지처럼 불교의 오신채처럼 나의 신앙으로 안 먹는 게 있다. 뜻밖에 누구나 좋아하는 닭다리다. 영양의 보고이자, 치킨의 처음일 것 같은 닭다리. 나는 절대 먹지 않는다. 이유는 여동생의 말이 언제나 식욕을 잠식하고 있기 때문이다.

"난 여자가 닭다리를 먹으면 큰일 나는 줄 알았어."

닭다리에 한이 맺힌 듯 여동생이 말한 적이 있다. 사실 닭다리는 아버지와 나의 전유물이었다. 닭다리가 성별을 나누는 기준이었다니. 치킨 따위로 행복의 부위를 나누고 싶지 않았다. 나는 그 뒤로 결심처럼 어떠한 허기가 찾아와도 닭다리는 먹지 않게 되었다. 사람의 마음을 존중한다는 건 좋아하는 걸 좋아하는 게 아니라, 좋아하는 걸 참는 게 존중이었나. 아마도 내가 닭다리를 먹지 않는 건 미처 동생의 심정을 살피지 못했던 지난날의 내 모습에 심장부터 욱신거리기 때문이리라.

라면 먹고 갈래?

라면은 상황의 맛이다. 맛있는 상황이 없다면 라면은 그저 끼니나 때우는 인스턴트에 불과하다. 모름지기 영혼부터 당기는 라면으로 거듭나기 위해서는 그럴싸한 상황이 있어야 한다. 그 상황은 지옥의 숙취를 겪을 때도 좋겠고, 라면값 100배에 달하는 랍스타가 목욕재계를 하고 기다릴 때도 좋겠다.

나 역시 라면 한 봉지로 드라마의 주인공이 된 적이 있었다. 광양시 다압면 매실마을에서 아르바이트를 할 때였다. 나의 일은 눈이 어두운 어르신들을 대신해 전국 각지로 나갈 매실 택배에 주소를 적는 일이었다. 말이 송장만 적는 일이지, 매일같이 나오는 매실을 11톤 트럭에 가득 실어야 하는 중노동에 가까운 일이었다. 일은 힘들었지만 커피숍이나 편의점에서 받을 수 없는 시급이어서 기꺼운 마음으로 해냈다. 마음이 몸을 함부로 누리던 계절이었고, 계절이 몸을 함부로 누려도 마음은 모르던 계절이었다. 말이 너무 감성적인 것 같다, 그냥 배만 안 고프면 일했다는 말이 옳겠다. 새삼 일기장에 적었던 글귀가 떠오른다. '시가 예술로 가는 길이 아니라, 알바가 예술로 가는 길이다.' 예술이 청춘의 장르라면 내 예술의 팔 할은 아르바이트였다.

　일평생 그리워할 라면 한 그릇을 만난 날은 장대비
가 쏟아지는 날이었다. 빗소리 같은 허기가 딱 오기 좋은
날씨였으나, 일이 늦게 끝나는 바람에 간단한 요기조차
못 한 상황이었다. 마을에서 유일하게 있는 구멍가게도
숟가락 자물쇠를 걸었다. 허기를 달랠 유일한 방법은 아
무 집이나 문을 두드려 밥을 얻어먹는 일. 왕왕 아무 집이
나 문을 두드려 밥을 얻어먹었으므로 어려운 일은 아니었
다. 다만, 그날은 밥 잘 주던 집들이 일찍 저녁을 먹고 잠
들어 있었다. 나는 장대비를 뚫듯이 새로운 집을 찾아야
만 했다. 그리고 내 어릴 적 살았던 할머니 집과 닮은 대
문을 보자, 어떤 망설임도 없이 거기가 우산인 양 들어가
고 있었다. 저녁 묵게 들어오니라, 마치 돌아가신 할머니
의 음성이 들리는 것 같았다.

　비에 젖은 생쥐 꼴로 두드린 집에는 신비롭게도 내
할머니 같은 분이 계셨다. 매실 택배 청년이란 걸 알아보
시면서도, 뭔가 불편해 보였다. 내가 밥 한 끼 달라는 말
도 하지 않았는데, 어두운 얼굴로 밥이 없다고 말씀하셨

다. 늦은 저녁 괜히 할머니를 불편하게 하는 것 같아 그냥 나오려고 하는데 주름진 입술이 달싹거렸다. 라면이 딱 한 봉지밖에 없어서… 나는 염치 있는 놈처럼 라면만 주시면 제가 끓이겠다고 말했으나, 할머니는 한사코 자신이 끓이겠다고 하셨다. 그리고 할머니가 끓인 라면을 영접하자, 나는 비운의 주인공에서 이 세상 모든 라면의 주인공이 된 것만 같았다.

라면이 딱 한 봉지였기 때문에 할머니 얼굴이 어두웠던 거였다. 한사코 홀로 끓인 라면에는 국수와 김치, 달걀이 무려 세 알이나 들어 있었다. 어떻게든 배부르게 하고 싶은데, 라면 한 봉지로는 택도 없어 보이는 손자뻘을 보고 고민했던 것이었다. 김치국수라면을 끓여 놓고, 김치 반 포기를 내놓는 그 마음에서 나는 라면보다 김치보다 눈시울이 더 빨개졌을 것이다. 흰 그릇에 고춧가루 하나 없도록 먹었을 것이다. 마침내 할머니 주머니에 꼬깃꼬깃한 배춧잎 두어 장을 쥐여 드리고 내내 배불렀을 것이다. 라면을 끓일 때마다 어떻게든 배부르게 하고 싶은 그 마음을 배웠을 것이다.

광양시 다압면 할머니가 끓여 준 라면을 먹은 뒤로, 라면 먹자는 말은 살아 보자는 말로 들린다. 절망의 생존법이자 지혜의 언어로 들린다. 혹시 그대여, 국물도 없는 인생인 줄 알았는가? 걱정 마시라 인생은 뜻밖에 김치부터 국수, 달걀 세 알까지 있는 삶일지 모른다. 내내 배부르게 하는 힘일지 모른다. 장대비가 내리는 세상이라도 라면 한 그릇은 큰 지붕이 되어 준다.

큰아버지의 저녁

추석날 아침, 큰아버지가 돌아가셨다. 뇌출혈로 쓰러진 지 오래되었으니, 집안 식구들도 당연한 일로 받아들이는 눈치였다. 다만, 그 죽음이 추석의 아침이어서 애도보다 난감함이 앞섰다. 할아버지의 집, 흉가처럼 버려져 있다가도 가족들 발자국 소리만 모이면 그리움의 흉터가 아물던 곳이 아니었나. 그러나 이번 명절에는 발자국이 모두 장례식장으로 향하고 있었다. 유교 사상이 극진한 집안에서 조상님들께 차례를 지내고 성묘하는 일은 목숨과도 같은 일이었지만, 그 유교 사상을 극진하게 모시고 가르치던 본원이 떠났으니, 할아버지의 집은 부고처럼 숙연하기만 했다.

새삼 기억한다. 큰아버지는 초등교육도 옳게 받지 못한 분이었다. 배움이 짧아 일평생 배움에 대한 갈증으로 사셨던 분이기도 했다. 못 배운 한을 풀듯이 자식들을 가르쳤나. 자식들이 이름만 들어도 알아주는 선생이 되거나 교수가 되었다. 그런데 큰아버지는 다른 점이 있었다. 보통의 아버지는 자신이 하지 못한 일을 자식이 채워 주면 그걸로 만족하는데, 큰아버지는 달랐다. 적어도 자식의 학벌로 자신의 부족한 배움을 채우는 아버지가 아니었다. 도리어 배운 자식들도 혀를 내두를 정도로 일평생 공부에 매진하고 또 했다. 그리하여 초등학교 졸업장도 없이 향교의 정교를 지냈으며, 엔간한 서예가도 울고 갈 명필이었다.

큰아버지는 유교 사상을 강조하긴 했어도 공부를 대하는 사상만큼은 대대로 남기고 싶을 정도로 훌륭함 그 자체였다. 유교적 사상과 철학으로 외롭게 사신 분이었지만, 그 외로움으로 자신에게 배움을 주지 않았던 세상을 견뎠는지도 모른다. 부모의 병보다 깊어지는 자신의 병을 바라보며, 이 핑계 저 핑계를 대며 찾아오지 않는 자신의 자식을 용서했는지 모른다. 세상의 모든 불효를 자신이 짊어지듯 먼저 떠나 버렸는지도 모른다.

장례식장에서 어두워지는 말을 들었다, 욕심이 많아 추석날 죽었다고. 또 들었다, 자식들 편하라고 추석날 죽었다고. 어떤 말이 애도에 가까운 말인지 알 수는 없었으나, 나한테는 큰물이 지나가는 것 같았고, 아주 오래 저녁의 인사법과 마주하고 있었다. 죽은 이유를 왜 산 사람들이 정의하고, 산 사람의 논리로만 죽음의 의미를 만드는

지. 너무나 여러 겹의 저녁을 보는 것 같았다.

　　그리고 입관, 꽃으로 수의로 곱게 싸인 큰아버지를
보았다. 황씨 집안에서도 알아주는 거구였으나, 몸이 덧
없게 느껴졌다. 말이 좋아 '승화'지, 세상에는 없는 몸이
되는 거였다. 그러나 그 몸은 이승의 눈물이 저승의 눈물
로 넘어가는 강이었나. 한 번도 보지 못한 내 아버지의 눈
물을 보는 날이었으며, 잘난 척하는 큰형들의 무너지는
무릎을 보는 날이기도 했다. 무엇보다 할아버지한테 자식
의 죽음을 어찌 알려야 하나. 고민할수록 어두워지는, 큰
아버지의 저녁을 오래 마주하는 날이기도 했다.

자유시간

초코바의 종류는 무궁무진하지만 나는 유독 자유시간을 고집한다. 특별한 맛이 있다기보다는 이름 자체가 어떤 위로를 꿈꾸게 하기 때문이다. 육아는 진실로 퇴근이 없었다. 이유식을 만들고, 기저귀를 갈고, 틈틈이 집안일을 하고, 씻기고, 재우다 보면 금방 밤이 찾아왔다. 밤이 왔다고 해서 끝이겠는가. 또 다른 육아의 시작이다. 진실로 바란다. 퇴근까지는 바라지도 않는다. 하루에 딱 한 시간만이라도 오직 나를 위한 자유 시간이 있으면 좋겠다.

오늘도 나의 염원, 자유 시간은 얻지 못했다. 그러나 땅콩과 캐러멜과 초콜릿이 힘을 합친 자유시간은 얻었다. 한 입 먹었을 뿐인데 짠내 나는 육아의 풍경이, 단꿈으로 바뀌고 있었다. 신비로웠다. 퇴근 없는 육아에 대해 푸념하듯 SNS에 올렸을 뿐인데 다 안다고, 힘내라고, 잘하고 있다고 전국 방방곡곡에서 응원 메시지가 왔다. 기저귀, 옷, 간식을 보내 준 분도 있었다. 어떻게든 힘을 보태고 싶은 분들은 내가 운영하는 주간 <슈퍼맨>을 구독해 주었다. 자유 시간보다 아름다운, 사람의 시간을 보는 것 같았다.

세상에서 가장 뜨거운 위로를 주는 마음이 있다. 그
것은 진실로 타인의 고통과 눈높이를 맞추는 마음, 같은
마음이다. 나와 타인이 다르지 않다는 마음에는 시간을
모으는 신비도 있다. 다 겪어 봐서 아는 마음, 겪어 보지
않아서 모르는 마음이 하나의 눈동자에 고인다. 눈물처
럼 따뜻하게 지금의 시간을 어루만지는 힘. 혼자이고, 혼
자인 것 같은 마음을 보태기로 감싸는 마음이야말로 진정
큰 선물이 아닐까? 새삼 내 어머니가 날 포대기에 감싸고
이 지구의 중력을 견뎠던 밤이 생각났다.

진정한 위로란 그저 눈동자를 오래 맞추는 사람의
시간이었다. 그것이야말로 영혼부터 녹아들어 가는 자유
시간이다.

추운 눈물의 맛

비가 오는 밤이다. 불현듯 거리를 바라보면 움푹 팬 곳마다 빗소리가 고이고 있다. 둥글게 빗소리를 견디는 길의 상처들. 눈으로만 걸어도 왠지 내가 잊고 살던 눈동자와 마주치게 한다. 울컥, 물비린내 나는 풍경을 보게 한다.

나의 빗소리는 천 개의 풍경을 거느리고 있다. 빗소리는 내 우상이었던 형의 목숨을 가져갔으며, 날 시인으로 살게 해 주기도 했다. 우산 없이 떠도는 청춘의 벗이었으며, 우산이 되어야 하는 가장의 무게이기도 했다. 비가 와서 좋은 일도 많았으나, 젖지 않는 날은 없었다.

"빗소리 중에 가장 아픈 빗소리가 뭔 줄 알아요?"

내가 가끔 술주정처럼 묻는 말이다. 술주정이므로 아무도 귀를 기울이지 않지만, 질문을 하는 입술에는 먹구름이 가득하다. 금방이라도 울음이 쏟아질 것만 같다. 옛날 언젠가는 내가 묻고도 내가 답하지 못하는 질문의 답을 찾고 싶어 오래 걸었던 적이 있다.

겨울비 내리는 강남역 11번 출구에서, 내가 사는 흑석동 옥탑방까지 걸었다. 지하철이 끊기고 택시도 잡히지 않아, 집에 이르는 방법은 오로지 걷는 일이었다. 답 없는 시험지처럼 걷고 또 걸었다. 그때 걸음은 질문이었으므로 허공에 빗금을 긋는 빗소리가 잘못 답한 인생을 채점하는 것 같았다.

얼마나 걸었을까. 속옷까지 다 젖고서야 집에 도착했다. 도착했다는 안도감보다 답을 찾지 못했다는 마음에 알몸으로 울고 싶었다. 물음도 울음도 알몸도 다 떠내려 가라고 씻고 싶었다. 그런데 샤워기에서는 찬물밖에 나오지 않았다. 가스비도 제대로 못 내면서 강남에서 술 처먹는 인생이 더러워 보여, 눈물 샤워부터 해야만 했다.

눈물이 추웠다. 눈물의 답이란 마음에 있는 것이 아니라 현실에 있는 거였나. 사시나무처럼 떨면서, 알몸으로 울면서, 찬물을 맞던 그 비 오는 밤을 잊을 수가 없다. 가장 먼저 빗소리가 꽂히는 옥탑방이, 생의 가장 밑바닥인 것 같았다. 어떤 빗소리는 심장을 파고드는 바늘이어서 아프도록 듣던 옥탑의 빗소리를 절대 잊을 수가 없다.

추적추적 비가 내리는 밤이다. 100에 23, 300에 28, 500에 30, 3000에 30 등 살아낸 풍경보다 보증금과 월세로 얼룩진 숫자가 오롯한 밤이다. 눈물의 크기가 될 수는 없어도, 눈물의 좌표가 되는 숫자들. 나는 뼛속까지 문과생이지만, 그리울 때마다 이과생이 된다. 가만 보면 잊지 못하는 마음보다, 잊을 수 없는 숫자가 추억의 주소를 호명하는 것 같다.

문득, 추운 눈물을 흘렸던 옥탑방의 날들이 그립다. 한바탕 눈물 샤워가 끝나면 새우깡에 소주 한잔을 했는데. 술기운만으로도 단잠을 이룰 수 있을 만큼 술맛이 달달했는데. 지금은 비에 젖지도, 함부로 걷지도, 눈물을 들키지도 않는다. 눈물 젖은 옥탑방은 재개발이 되었고, 나는 옥탑보다 더 높은 곳에 살고 있다. 물론 지금이 행복하지만 그 달달했던 새우깡에 소주 한잔은 다시 만나지 못하고 있다. 아니, 영영 그리움 그대로 남으라고 입에 대지도 않고 있다. 비 온다. 그렁그렁 눈물이 고이는 추억이 오고 있지만, 다시는 오지 말라고 술 한잔 입에 대지 않는다.

영혼의 탕수육

미각은 인간의 모든 감각 중에서 우리에게 가장 많은 쾌락을 주는 감각이다. 내가 한 말은 아니고, 장 앙텔름 브리야 사바랭(Brillat-Savarin, Anthelme)이 한 말이다. 굳이 18세기 미식가 글까지 인용하는 건 먹는 재미를 좀 그럴싸하게 말하고 싶어서다. 잘 차려진 먹방 이론에 숟가락을 얹는다고 할 수 있다. 개그맨 김준현은 맛있는 걸 표현하기 위해 시집을 읽는다고 하던데. 적어도『미식 예찬』이란 책을 읽으면 수없이 다이어트에 실패할 수 밖에 없는 인간의 미각을 성찰하게 된다. 그러나 이 방대한 책을 읽는 시간을 아껴 맛집에 줄 서는 것이, 지금의 맛을 살아가는 일이니 아주 현실에 맞는 책은 아니다. 18세기 미식가는 먹는 일이야말로 피로를 동반하지 않는 유일한 쾌락이라고 했지만 현재 맛집의 줄서기를 본다면 혀부터 내두를 것이다. 그러나 나는 침을 질질 흘리며 맛있게 읽었다.

청춘의 맛을 다 느끼지 못한 채 두 아이의 아빠가 되었다. 사람들은 두 아이가 있으니 먹지 않아도 배부르겠다고 하지만, 나는 어쨌거나 내가 직접 먹어야 배가 불렀다. 그런데 인류 보편적 덕담에는 다 이유가 있는 법. 아이들 식사가 끝나면 먹지 않아도 배가 불렀다. 이유는 간단했다. 아이 둘이 남긴, 간도 되지 않고 영양만 만점인 맛없는 음식은 온전히 나의 몫이었으니. 배가 안 부르고 배기겠는가. 맛없이 배가 부르는 것이 아빠의 미식 생활이었다. 그릇에 덜어 먹지 않는 음식은 손에 대지도 않을 정도로 깔끔을 떨었지만, 맛없는 음식에는 일 그램의 영혼도 허락하지 않던 나였지만 지금은 애가 먹다 뱉은 것, 손으로 조몰락거리던 것을 당연한 것처럼 먹고 있다. 미식가 황종권에서 음식물 쓰레기 줄이기에 앞장서는 환경 운동가가 된 기분.

나는 누구보다 음식에 대한 존중이 있었다. 라면 하나를 끓여도 냄비째로 먹는 일이 없었다. 중국집 음식을 주문해 먹어도 포장 비닐을 대충 뜯고 먹지 않았다. 음악을 깔고, 음식에 어울리는 식탁보를 까는 정성은 없어도 내 입에 들어가는 것들은 언제나 진심으로 대했다. 가슴 한복판이 뻥 뚫린 것처럼 메울 수 없는 허기로 가득했던 독거 청년의 시절에도 먹는 것만큼은 누구보다 완벽했다. 나에게는 자취 경력으로만 설명할 수 없는 어떤 요리의 경지가 있었다. 왜 처음 해 본 요리들조차 완벽할 정도로 잘하는지 이유는 알 수 없지만 어쨌거나 내가 만든 건 다 맛있었다. 시 쓰는 일과 요리를 하는 일이 비슷하다는 궤변으로 SNS를 매일 만든 음식으로 도배한 적도 많았다. 지금 생각해 보면 허허로웠던 시절, 잘 차린 음식은 생존이 아니라 유일하게 나를 사랑하고 존중하는 법이었다.

먹는 걸 사랑하는 일은 사실 좀 피곤한 일이다. 하루 세끼가 너무나 자연스럽게 돌아오기 때문이다. 아무리 먹는 것에 진심인 사람이라도 매번 잘 먹는 일은 쉽지 않다. 그런데도 매번 돌아오는 끼니마다 어떻게 '나'를 행복하게 해 줄까 하는 고민을 마다하지 않는다. 설사 아이들이 남긴 반찬에 숟가락을 얹어도, 다음 끼니는 끝내주는 걸 먹여 준다며 스스로 다독거린다. 이렇게 먹는 것에 최선인 나에게 사람들은 묻는다. 어떤 음식을 가장 좋아하냐고. 음식의 맛이란 상황마다 다른 것이어서 확답을 주기는 어렵다. 우리나라는 아름답게도 사계절이 있고, 제철 음식이란 것이 있다. 계절뿐만 아니라 날씨가 주는 맛도 만만치가 않다. 첫눈이 오는 날, 비가 오는 날, 햇빛이 쨍쨍한 날. 나는 날씨만 생각해도 수천 개의 음식이 떠오른다. 그런데도 가장 좋아하는 음식이 무엇이냐고 자꾸 묻는다면 나는 '탕수육'이라고 답한다. 사람들은 내가 여수 사람이고, 젊은 사람치고는 개미가 있는 맛을 좋아해 토속적인 음식을 좋아할 거라 믿는다. 아주 맞는 말이긴 한데, 탕수육에 대한 순정을 버릴 수가 없다.

탕수육에 대한 순정은 외숙모로부터 비롯되었다. 나의 외숙모는 황신혜를 닮은 외모에, 피부가 빛과 소금으로 이루어진 듯 눈이 부셨다. 어린 내가 봐도 세상이 인정할 만한 미인이었다. 좀 미안하지만 거무튀튀한 엄마와 비교할 바가 아니었다. 완전히 다른 세상에 사는 사람 같았다. 그 외숙모가 나에게 처음으로 만들어 준 음식이 탕수육이었다. 나는 초등학교 5학년이 되어서야 탕수육이란 걸 먹어 본 것이다. 그 맛은 실로 놀라웠다. 신발도 튀기면 맛있다는데 탕수육은 고기를 튀겼다. 튀긴 것도 모자라 달달구리한 소스까지 있었다. 세상에 이런 맛이 있다니. 김치전, 김치볶음밥, 김치두루치기, 김치수제비만해 주는 엄마랑은 너무도 먼 맛이었다. 영혼이 허기로 가득할 때 사람들은 집밥이 그립다고 하지만, 나는 불효자라 욕먹어도 외숙모의 탕수육이 그립다.

정확하게 기억한다. 초등학교 여름방학에 외숙모 댁에 놀러 갔었다. 외숙모는 놀러 온 나를 위해 중국집 탕수육을 주문해 주었다. 처음 경험한 탕수육의 맛은 황홀함 그 자체, 입에서 떠나보낼 수가 없었다. 외숙모가 뭐가 먹고 싶냐고 물어보면 무조건 탕수육이라고 답했다. 돼지갈비를 먹고 싶지 않냐고 해도 탕수육, 회를 먹자고 해도 탕수육. 내 입은 탕수육만 발음하게 되어 버렸다. 매번 값비싼 탕수육을 주문해 줄 수는 없으니 외숙모가 직접 탕수육을 튀기기 시작했다. 그런데 이걸 어쩌나. 중국집보다 외숙모가 갓 튀겨낸 탕수육이 더 맛있었다. 일평생 잊지 못할 영혼을 흔드는 맛이었다.

지금 생각해 보면 아주 잘 튀긴 것도 아니고, 소스도 케첩에 더 가까웠다. 그런데도 언제나 외숙모의 탕수육을 생각하면 영혼부터 군침이 돈다. 모두가 가난했던 시절, 어떻게든 조카가 좋아하는 걸 해 주고 싶어 흉내 내듯 만든 탕수육은 그 시절의 맛이자 외숙모가 차린 진심의 맛일 것이다. 거기에 나의 첫 마음까지 더해져 언제나 그리운 맛이 되어 버렸다. 우리나라에서 탕수육 맛집이란 곳은 죄다 가 보았지만, 딸아이가 좋아해 자주 주문해 먹는 게 탕수육이지만, 절대로 복원할 수 없는 것이 외숙모의 탕수육이다. 외숙모가 다시 만들어 준다 해도 그 없던 시절의 맛은 되돌리기 어렵다. 맛있어서 맛있는 음식도 많지만 추억만으로도 맛있어지는 음식이 있다. 나는 그것이 외숙모의 탕수육이자, 영혼의 탕수육이다. 추억의 맛은 얼마나 놀라운가. 과자 '탕슉'을 보고 이백 년 전 미식가부터, 초등학교 5학년의 나를 동시에 소환하고 있으니. 내 영혼은 그립도록 탕수육에 저당 잡혀 있다.

눈물을 닦아 주는 맛

빗소리가 아프다. 저 빗소리가 또 목숨을 앗아 갔기 때문이다. 슬픔에 잠기는 밤이다. 내 몸 어딘가에도 반지하 방이 하나 있어, 빗소리가 고스란히 고이고 있다. 상처가 마르지 않는다. 저 흙탕물은 씻을 수 없는 가난처럼 방을 빠져나가지 못한다. 창문에 맺힌 건 빗방울이 아니니라 산 채로 제 죽음을 바라봐야 했던 눈동자, 어두운 눈물이 섞여 있다.

돌이켜 보면 비 오는 모든 날이 좋지 않았다. 비 오는 날 사랑하는 형이 죽었으며, 오래 키우던 고양이도 죽었다. 학비를 한창 벌어야 했던 계절에는 비 때문에 일 자체를 할 수 없어, 한 학기를 강제 휴학하기도 했다. 갑자기 불어난 물로 가족을 잃을 뻔했으며, 괜한 시비에 휩쓸려 비 오는 날 먼지 나도록 맞아야 했다. 먹구름을 부르듯 옛 애인에게 전화해 세상에 없는 찌질이가 되기도 했으며, 사랑은 죄다 빗소리만 남기고 떠나가 버렸다.

그리고 무엇보다 내 유년의 밤을 가장 아프게 수놓던 방울 슈퍼의 빗소리는 아직도 여전하다. 방울 슈퍼에 딸린 단칸방은 장마가 오면 늘 천장에서 물이 떨어졌다.

양동이며 세숫대야로 빗물을 받아내야만 했다. 문제는 단칸방. 겨우 양동이와 세숫대야를 들였을 뿐인데, 어머니 잘 곳이 없었다. 테트리스 하듯 퍼즐을 맞춰 보지만 좀처럼 잘 공간이 나오지 않았다. 아버지는 안하무인, 잠든 것도 모자라 뒤척이다가 양동이를 엎지르는 일이 잦았다. 물바다가 된 단칸방, 젖은 수건을 짜던 어머니의 한숨 소리, 비수처럼 꽂히는 빗소리만 고였다.

내가 눈물이 많은 것도, 비가 오는 날이면 잠 못 드는 것도 빗방울처럼 아팠던 일이 많아서일 것이다. 그러나 다시 돌이켜 보면 우산 같은 추억도 있다. 장마철이면 방이 운다고, 연탄을 때웠다. 습기를 잡겠다고 불을 놓는 것인데, 그 불은 우는 아이를 뚝 그치게 하는 맛이 있었다. 연탄불에 구워 먹는 쫀드기의 맛. 누군가에겐 마냥 달콤한 맛이겠지만, 나에게는 눈물을 닦아 주는 맛이었다. 어머니는 아버지를 원망하는 아들로 키우지 않기 위해, 단 한 번도 아버지 욕을 하지 않으셨다. 쫀드기를 구워 주던 심정도 그랬을 것이다. 가난이 아니라 추억이 되도록 어머니는 비에 잠길 때마다 쫀드기를 굽고 있었다.

사는 게 빗방울처럼 아플 때가 있다. 가난한 지붕에만 비수처럼 꽂히는 빗소리가 있다. 그러나 어떤 슬픔도 젖은 속눈썹을 들어 올리는 맛은 있을 것이다. 어쩌면 그 맛을 만나기 위해 우리는 비에 젖은 세상부터 만나야 할지 모른다. 연탄재 함부로 차지 말라는 시보다, 연탄불에 구워 먹는 쫀드기를 위해 나는 살아왔다. 참으로 살 만한 맛은 뜨겁기만 한 삶이 아니라, 미더운 열기로 무엇이라도 해 주고 싶은 맛이었다. 가난으로부터 눈물을 닦아 주던 맛이야말로 나에서 우리로, 우리에서 세상으로 가는 맛이었다. 나의 세상, 어머니의 맛이었다.

그래서 나는, 빗방울처럼 아플 때 사랑을 주기 좋은 날이라 믿기로 했다.

이제 아버지는 날 깨우지 않는다

열심히 살았음에도 한 번도 성공하지 못한 인생이 있다. 내 아버지의 인생이자, 내가 일평생 살아낼 인생일지도 모른다. 아버지는 단 한 번도 게으른 모습을 보인 적이 없었다. 새벽같이 일어나 출근했으며, 발톱이 썩어 가는 고통에도 아랑곳하지 않았다. 오로지 열심히 사는 것만이 삶의 고통을 줄이는 법이라 믿는 것 같았으며, 무를 수도 없는 아버지의 세계인 것 같았다.

아버지는 베테랑 택시 운전기사이자 탁월한 술꾼이었다. 운전과 술, 그 어울릴 수 없는 조합처럼 아버지는 모순 그 자체이자, 모난 마음을 키우게 한 장본인이었다. 안타까워하면서도 원망했고, 원망하면서도 사랑받고 싶었다. 도무지 하나의 마음으로 읽을 수 없는 사람이었으며, 이해할 수 없는 단 하나의 문장이었다. 열심히 마시려고 일을 하는지, 열심히 일하기 위해 마시는지 도무지 알 수 없었다.

십 분 더 자서 뭐하냐? 어릴 적 아버지로부터 가장 많이 들었던 말이다. 십 분의 잠이야말로 나비가 날아드는 꽃잠임에도 세상 쓸모없는 것이라 그분은 여겼다. 아버지는 해병대 389기, 군인의 아침을 어린 자식에게 어떤 망설임도 없이 적용했다. 하여, 십 분 더 잔다는 것은 입시 전쟁에 실패하는 일이자 패배자의 습관에 불과했다. 아버지한테 십 분은 열심히 살지 못하는 자의 핑계이자, 핑계로 죽어 간 시간을 말하는 것 같았다. 허구한 날 자는 놈들이 서울대 가는지도 모르고.

잠에 있어서는 아버지한테 어떤 반박을 하지 못했다. 4시 59분에 잠들어도, 5시면 여지없이 기상하는 분이었으니. 잠은 죽어서나 자야 하는 장르로 받아들이는 분이었으니. 나는 아버지가 깨우면 해병대처럼 일어나야만 했다. 십 분 더 자고 싶은 마음이 쌓여 아버지와의 벽을 세우는지 모르고. 그 벽이 일평생 건널 수 없는 벽인지도 모르고. 아버지와 나, 시간의 벽에 갇혀 단 십 분도 눈동자를 마주한 일이 없었다. 얼룩무늬처럼 서로를 은폐하면서 아주 멀어져 가고 있었다.

슬프다. 열심히 취해 있는 아버지보다, 열심히 사는 아버지가 슬프다. 단 한 번도 게으른 적이 없었으나, 성공한 인생이라 부를 수 없는 아버지가 슬프다. 전역을 했으나 아직도 전역하지 못한 아버지가 슬프고, 십 분 먼저 일어나 십 분 먼저 슬픈 아버지가 슬프다. 먹구름이 강이 되고 바다가 되고 마침내 사람의 눈물로 온다는 게 슬프다. 그 슬픔을 온전히 살아낼 수 없어 슬프고, 슬프다.

아버지도 어느덧 흰머리 지긋한 할아버지가 되었다. 십 분만 더 자고 싶었던 나는 아버지가 되었다. 무엇이 되려고 산 것은 아니었지만 열심히 무엇이 되어 주려고 당도하는 세계를 살아야 한다. 열심히 산다는 말. 이 말은 가장한테 비명 섞인 말이자, 너무 오래된 말일지도 모른다. 희망보다 절망을 껴안는 말이자, 능력을 상실한 말일지도 모른다. 그런데도 열심히 산다는 말에 지치지 않는다. 내 아버지가 살아냈던 말이자, 내가 일평생 지고 가는 말이기 때문이다. 여수에 올 때마다 다시 슬프다. 이제 아버지는 날 깨우지 않는다.

"야야, 아들도 모처럼 자야지. 아들한테 지금의 십 분은 나비가 날아드는 시간이야."

기꺼운 타인

나는 엄마를 다양한 이름으로 부른다. 구멍가게의 추억처럼 슈퍼집 여자라 부르고, 아모레 화장품의 전설처럼 수석 지부장님이라 부르고, 연인처럼 원자 씨라 부르기도 한다. 엄마란 말은 아무렇게나 불러도 아랫배부터 따뜻해지는 이름이다. 매일 불러도 갓 지은 밥 냄새가 난다. 아버지는 누가 가르쳐 주지 않아도 바로 아빠에서 아버지로 말의 자세를 바꾸어 버렸지만, 나는 다 큰 놈이 되어서도 어머니란 말보다 엄마라 부를 때가 좋다.

엄마라 부르면 천 개의 빛이 도는 것처럼 내게 엄마는 한 사람이 아니다. 함께 등반을 할 때는 서로의 안전을 지켜 주는 동료이고, 엄마가 부부 싸움을 할 때는 지원 사격을 아끼지 않는 조력자이고, 내가 세상살이에 다칠 때에는 고봉으로 그늘을 퍼 주는 이팝나무의 그것이다. 함께 낮술을 마실 때는 어떠한가. 뒷모습을 지켜 주듯 술값을 내주고 싶은 친구와 다름없다. 함께한 추억이 어두운 자리마다 찾아가는 햇빛과 같아, 엄마란 말이 더 따사로운지 모른다. 천 개의 입술로 답해도 언제나 벅찬 이름이 엄마다.

"엄마는 어떤 이름으로 불리는 게 좋아?"

억척스러운 삶만큼이나 이름이 많은 엄마. 자신의 이름보다 삶이 집행한 이름으로 기꺼운 형벌을 산 엄마. 나는 그 삶의 진짜 이름을 알고 싶어 물었다. 요즘 잘나가는 에세이의 주제는 온통 자기 자비에 관한 것이 아닌가. 세상이 사랑하는 문장은 사랑받는 것도 중요하지만, 소중한 자신을 지키는 것이 더 중요하다 여긴다. 그럴 수 없는 현실이 만들어낸 허상이라 할지라도, 백번 맞는 말이다. 나는 언제나 한 개인이 국가보다 위대하고, 우주보다 크다고 믿는다. 그러나 엄마의 답은 완벽한 타인에 가까웠다. 엄마도 엄마 이전에 한 개인이자 여자이지 않은가. 특별한 의미의 '혼자'가 있을 거라 생각해서 물었는데, 진부한 답이 돌아왔다.

"나는 내 아들의 엄마가 제일 좋지."

일평생 자신의 이름 없이 살면서 가장 좋아하는 것이 내 이름의 엄마라니. 너무 서정적이어서 거짓말 같았다. 아들이 아까워 땅에 내려놓지도 않았다는 이야기, 아들 자랑을 하고 싶어 괜히 사람 많은 버스를 탔다는 이야기, 처음으로 TV를 집에 들였는데 아들이 더 좋아서 TV는 쳐다보지도 않았다는 이야기 등등 자라면서 듣던 거짓말들이 죄다 진실로 다가오는 것 같았다. 나보다 날 사랑해 주는 건 엄마라는 진부함이 있지만, 그 진부함에는 거짓이 끼어들 자리가 없었다. 엄마에겐 특별한 혼자는 없었지만, 타인으로 온전한 혼자가 있었다.

문득, 엄마와 오동도에 갔을 때가 생각이 난다. 오동도는 봉황이 날아올 정도로 아름다운 곳이다. 여수 관광지 중 일번지라 말해도 손색이 없어, 동백 꽃빛이 흐드러진 계절에는 발자국이 붐빈다. 그런데 육지와 섬을 잇는 방파제 길에 어묵 하나가 버려져 있었다. 바다와 동백꽃, 파랑과 붉음이 우거지는 동백섬을 보기도 전에 관광객들 얼굴이 구겨졌다. 겨우 어묵 하나였지만, 오동도의 아름다움을 위협하는 흉기로 보이기까지 했다.

"우리가 어묵을 치워 주면, 모든 사람들이 보기 좋은 오동도가 되지."

엄마는 버려진 어묵을 보자마자 말했다. 그리고 어떠한 망설임도 없이 어묵을 주웠다. 마치 반드시 해야 하는 자신의 일처럼 흙이 묻은 대로 묻은 어묵을 길에서 구해냈다. 음식물 쓰레기 하나를 치우는 일이었지만, 내 눈에는 오동도를 위협하는 적으로부터 아름다움을 구해낸 것처럼 보였다. 도스토옙스키는 '아름다움이 세상을 구한다'고 책으로 말했지만, 아름다움이 구하는 세상을 어묵 하나로 보여 준 건 엄마였다. 대문호였지만 일평생 빚쟁이로 살다 간 도스토옙스키보다 세상을 이롭게 하는 엄마가 더 위대해 보였다. 그리고 나는 엄마 필생의 역작, 아들이 아닌가. 나는 다시 태어나도 엄마가 쓰는 문장이고 싶다.

엄마는 삶이란 주어가 끊임없이 흔들리는 가운데서도, 한 권의 책 같은 사람이 되었다. 주어 없이도 삶의 주인공이 될 수 있는 책, 빛나는 문장이 없어도 읽는 내내 마음의 빚을 덜 수 있는 책, 엄마는 어떻게 읽어도 아름다운 책이 되었다. 그리고 엄마라는 책은 사랑의 주체가 중요한 것이 아니라, 사랑하는 자체가 더 중요해 보였다. 사랑의 도착지가 꼭 자신이 아니라도 사랑이 길을 만들고, 마을을 만들고, 세상을 만든다는 걸 잊지 않았다. 엄마는 단 한 번도 아들에게 사랑받는 삶을 강요하지 않았다. 사랑은 받기 위해서 태어난 것이 아니라, 주기 위해 태어났다는 것을 가르쳤다. 사랑이 없는 가슴에 회초리를 들었으며, 사랑을 주는 일을 두려워하지 않게 키웠다. 그리하여, 언젠가 엄마라는 책에서 읽은 아름다운 구절을 잊을 수가 없다.

"아들, 세상은 널 사랑하기 위해 있는 것이 아니란다. 네가 사랑할 수 있는 세상을 보고 싶어 있는 것이지. 어떤 사랑을 받을까 전전긍긍하지 말고, 세상한테 뭐라도 줄 수 있는 사람이 되어야 한다. 아들, 조금 없이 살아도 조금이라도 주고자 하는 마음일 때 나는 엄마로서 가장 기쁠 거다."

나는 어떤 책에서도 읽을 수 없는 구절을 엄마를 통해 읽었으므로, 비문으로 가득한 세상이라도 또박또박 살아가고 싶었다. 덧없이 쓰는 문장이라도 엄마의 기쁨이면 좋겠다 싶었다. 엄마가 자랑할 한 문장으로 기꺼운 타인이 되고 싶었다.

장범준과 할아버지의 바다

시 자체로 빛나는 시도 있지만 시를 사랑하는 사람들 덕분에 더 빛나는 시가 있다. 나의 고향이자 마침내 노래가 된 시, 여수시가 그렇다. 말장난 같아도 여수 하면 가장 먼저 떠오르는 것이 무엇인가? 여수가 자랑하는 풍경보다 가수 장범준이 노래한 '여수 밤바다'가 플레이 버튼처럼 먼저 떠오를 것이다. 여수는 시가 노래가 된 것이 아니라, 노래 그 자체로 파랑의 음표를 가진 시가 되어 버렸다.

실로 운율이 넘실거리는 시가 여수시다. 한 해 평균 700만 명의 관광객이 찾던 여수였지만 장범준이 여수 밤바다를 노래하자 2012년 3월부터 관광객 수가 늘더니, 그해 1천 500만 명이 여수를 찾았다. 지금은 어떠한가. 사람이 찾아 줘서 더 아름다운 시, 누구나 노래하고 싶은 여수시가 되었다. 천 편의 시보다 노래 한 편이 낫다는 걸 보여 준 셈이다.

새삼 장범준의 음악을 들을 때면 세계적인 록 밴드 비틀스의 멤버이자 노벨 문학상 수상자인 '밥 딜런'이 생각난다. 밥 딜런이 대중음악 가사를 문학의 반열로 올려

놓았다면, 장범준은 여수 밤바다를 낭만이 출렁거리는 수평선 위에 올려놓았다. 그야말로 여수의 밥 딜런이라 할 수 있다. 노벨 문학상까지는 아니더라도 여수 문학상 정도는 받아 마땅하다고 생각한다. 시가 뭐 특별하겠는가. 마음을 움직이고, 그 움직인 마음으로 세상을 이롭게 했다면 마땅히 아름다운 거 아니겠는가. 나는 정말이지 장범준한테 여수 문학상이라도 주고 싶다.

그러나 제18회 여수 해양 문학상은 내가 받았다. 나의 어떤 시보다 장범준의 노래가 빛나지만, 시로만 그릴 수 있는 여수의 별자리도 있는 것이다. 화려한 조명이 비치는 여수 밤바다보다 마냥 어두운 여수 밤바다를 견디는 삶도 있다고 믿는다. 장범준은 여수에 단 한 번 아르바이트하러 왔다가 수천 편의 그리움을 한 편으로 남겼지만, 수천 편의 시를 쓰고도 단 한 편의 그리움을 남기는 시인이 있는 것이다. 어느 것 하나 장범준이 이루어낸 여수 밤바다보다 한참 못 미치는 게 시인의 밤바다다. 장범준이 최고의 여수 밤바다를 선물했다는 것을 완전 인정한다. 그런데도 여수 밤바다는 언제나, 시인을 키워낸 내 할아버지의 것이라 믿는다.

내가 사랑하는 여수 밤바다는 화려한 조명보다 할아버지의 그림자가 더 빛나고 있다. 그 바다는 노래해 주고 싶은 빛보다 어둑어둑한 밀물, 저녁의 음계로 가득하다. 조용히 운다는 갈대가 늙어 가는 사람의 속눈썹이라는 것도 알 것 같았다. 할아버지는 여수가 노래하지 못한 음악일지도 모른다.

내가 어릴 적, 방학이거나 부모님이 싸우던 날에는 할아버지 손에 맡겨지곤 했다. 짧게는 일주일, 많게는 손가락 발가락으로 날짜를 헤아릴 수 없을 만큼 오랫동안 맡겨졌다. 말이 맡겨진 것이지 버려진 거나 다름없었다. 전라도하고도 여수, 여수하고도 한 시간은 족히 비포장도로를 견뎌야 마침내 도착하는 여수 섬달천. 나는, 친구도 슈퍼도 뭣도 없이 오직 바다만 있는 곳에 버려져 있었다. 하루에 두 번 차오르는 밀물과, 미련 없이 제 속살을 드러내는 썰물을 보며 외로움과 그리움의 차이를 이해하는 유년을 보냈다. 부모조차 찾아오지 않는 곳에서 나는, 사람이 든 자리와 없는 자리를 배우고 있었다.

그러나 나의 할아버지는 자신의 자리를 잘 아는 분

이었다. 손님이 오거나 말거나, 손자가 있거나 말거나 하루를 대하는 방식이 늘 똑같았다. 다만, 좀 수상한 점이 있었다. 어촌에 살면서도 어부가 아니고, 농사를 지으면서도 농사꾼이 아니었다. 돼지와 소, 닭을 키우면서도 축산업이랑은 거리가 먼 사람 같았다. 물고기를 잡는 모습보다 물가에 떠내려온 대나무를 줍는 일을 많았고, 밭을 일구거나 짐승을 키우는 일보다 붓글씨를 쓰는 일에 늘 정성이었다. 딱히 직업이 무엇인지 알 수 없지만, 그저 같은 일을 많이 하는 사람이었다.

다 커서 알게 된 것은 할아버지는 집안 대대로 땅 많고, 배움 많은 섬달천의 금수저였다. 누구 밑에서 일하는 사람이 아니라, 누구를 먹여 살려야 하는 사람이었고 누구 밑에서 배워야 하는 사람이 아니라, 누구를 반드시 가르쳐야 하는 창원 황씨 서당공파의 핏줄이었다. 키 186cm에 100kg 장대한 기골을 자랑하면서도, 내가 허허로운 글자에 영혼을 걸어야 하는 운명을 가진 건 다 집안 내력이었던 셈이다. (아버지의 아버지, 그 아버지의 아버지도 내 피지컬과 흡사하다.) 내가 시인이 되던 날 할아버지가 말했다.

"너의 증조할아버지가 시 쓰기를 즐겼다."

나는 아직도 왜 시인이 되려고 했는지 모른다. 증조부처럼 시를 즐기지도 못했다. 그러나 시를 사랑하는 마음이 있는 가족의 핏줄이라니 왠지 모르게 시의 대지주인 것만 같았다. 조물주 위에 건물주라고, 자본의 논리에 무릎을 꿇을 때마다 세상은 높이가 아니라 넓이라고 말해주고 싶었다. 하나의 글씨에도 대대로 이어 오는 핏줄이 있고, 그 핏줄이 만드는 강과 바다가 있어 파랑의 정신이 있는 거라고, 내 할아버지들이 살아낸 여수의 바다를 시로 쓰고 싶었다.

그런데 어쩌나. 할아버지의 바다는 저녁에서 저녁으로 잠기고 있는 중이다. 함께 벗한 할머니는 치매를 앓고 있고, 집안의 대들보라고 큰 땅을 물려준 장손은 뇌졸중으로 요양원에 있다. 그 자식들은 명문대학 교수가 되었고 학원가에서 이름을 날리고 있지만 명절에 얼굴 한번 보기도 어렵다. 왠지 모르게 불리할 때는 손자 손녀를 대동하지만, 하룻밤 자는 일도 어려워한다. 대대로 물려받은 땅이 권리인 줄 알지, 어떤 삶으로 빚어진 줄을 도무지

모른다. 작은아들인 나의 아버지는 어떠한가. 아픈 큰아
버지를 대신해 열심히 살핀다고 하지만, 늙은 노인을 붙
잡고 술이나 마시는 꼴이다. 그 아들인 나도 별거 있겠는
가. 여수에 올 때마다 찾아뵙지만 갓난쟁이들 핑계로 곁
을 지키지 못한다.

나의 할아버지, 좋게 말해 저녁으로 잠기는 인생이
자 이미 캄캄한 저승사자가 기웃거리는 인생이 되었다.
저승사자밖에 올 일이 없는, 아무도 오지 않는 인생이 되
어 버렸다. 요즘은 저승사자조차 우스운지, 이 생에 정을
떼려고 하는 건지 세상에 없는 욕을 할 때가 많다. 다시는
돌아볼 것이 없다는 듯 허리도 굽을 대로 굽어 버렸다. 문
득, 일평생 무직이었던 할아버지의 직업은 그리움이었을
지도 모른다고 생각했다.

나는 그 세월을 기억하고 싶어졌다. 장범준이 아무
리 아름다운 목소리로 여수 밤바다를 노래해도, 가슴부터
먹빛으로 번지는 내 할아버지의 밤바다를 노래해야지. 화
려한 조명이 섞인 말보다, 주름이 깃든 말에 깊어 가야지.
사랑을 고백하는 시가 아니라, 그리움이 출렁거리는 시

를 써야지. 버려진 여수 할아버지의 인생을 대신 살아도 봐야지. 세상이 다른 피를 요구해도 나는, 시의 핏줄을 준 할아버지를 잊지 말아야지. 매일 안부 전화라도 드려야 지.

3장
내가 사랑한 풍경

힘내라는 말을 안부처럼, 돌이킬 수 없는 관념처럼 들을 때마다 나는 요구르트 두 병을 머리맡에 놓는다. 육아에 지칠 때마다 아이들과 요구르트 한 병 말고 꼭 두 병씩 먹자고 한다. 한 병은 지금을 위로하는 힘, 또 다른 한 병은 그 누구를 위로할 수 있게 하는 힘이라 믿기 때문이다.

이상한 자존심

나는 입대하기 전부터 다짐했다. 슈퍼집 아들로서 절대 초코파이 따위에 영혼을 팔지 않을 것이라고. 그 다짐은 입대 후에도 유효했다. 초코파이의 개수에 따라 종교를 바꾸는 일도 없었고, 나한테 주어진 초코파이도 전우한테 다 줬다.

초코파이를 나눠 주는, 아름다운 배려 덕분에 나는 전우들 사이에 인기가 많았다. 종교 활동 시간이 오면 내 곁으로 검은 군화들이 모였다. 땡볕에 그을린 까무잡잡한 피부에, 마시멜로 같은 흰 이를 드러내는 전우들의 얼굴을 보면 그 자체가 초코파이처럼 보이기도 했다. 나라를 지키겠다는 대장부의 기백 따위는 보이지 않았다. 겨우 먹을 것 하나에 신념과 종교, 철학을 바꿀 수 있는 오합지졸로 보였다. 하나, 한편으로 생각했다. 먹는 일, 먹는 일에 오롯하게 기뻐하는 일. 그것이야말로 존재의 쌩얼을 보는 일이며, 스스로 인간임을 속이지 않는 일이지 않을까. 내가 사실 군대에서 만나고 싶었던 것은 삶이라는 포장지가 완전히 제거된 '나'의 쌩얼이 아니었을까. 진지하게 스스로 질문을 던지기도 했지만, 초코파이는 안 먹었다. 슈퍼집 아들의 이상한 자존심은 그런 것이다.

나는 사실 초코파이한테 자존심을 지켜서는 안 될 운명이었다. 초등학교 시절, 오리온 초코파이의 특혜를 받았기 때문이다. 방울 슈퍼가 있던 동네는 가난한 지붕이 서로 어깨를 걸고, 골목마다 허리띠를 졸라매는 동네였다. 여수 바다의 낭창낭창한 파도 같은 무릎을 가진 아이들은 많았으나, 변변찮은 축구공 하나가 없었다. 축구공을 가진 아이가 집에 돌아갈 시간이면, 싱싱한 파도 소리만 쓸쓸하게 골목에 남는 것 같았다. 나는 골목의 꽃, 슈퍼집 아들로서 반드시 축구공만큼은 가지고 싶었다. 참으로 성숙하게도 어머니를 조르는 일 대신 초코파이 회사와 정면으로 승부차기를 했다. 무려 '축구공'을 선물로 내건 오리온 공모전에 도전, 발군의 창작 정신을 발휘한 것이다. 한 박스를 구매해야 한 번의 응모 기회가 주어지는데, 초코파이는 낱개로 팔아도 되므로 특혜처럼 초코파이 박스를 뜯었다. 어린 나이에도 확률이란 것을 알아서 아빠, 엄마, 동생, 나, 친구 이름 등을 총동원해 다양한 사연으로 응모를 했다. 결과는 모두 당첨이었다. 축구공 있는 부잣집 자식들이 아지랑이처럼 사라져도, 슈퍼집 아들의 축구공은 해가 지도록 골목 스트라이커를 양성하는 데 이바지하였다.

나는 진실로 오리온 초코파이에 감사해야 마땅하다. 축구공 하나 없던 어린 시절, 오리온 초코파이는 축구가 있는 세상을 내게 선사했다. 친구들 생일이면 축구공을 선물하여, 일평생 최고의 친구로 남게 해 주기도 했다. 그런데 이상하게 초코파이는 안 먹게 된다. 온갖 미담과 따뜻한 정를 보여 준 게 초코파이인데 안 먹는다. 각종 특혜를 받았음에도 슈퍼집 아들의 이상한 자존심으로 먹지 않는다. 아무리 생각해도 이상하다. 좋은 것만 준 것이 초코파이인데 군대 생활 내내 한 개도 먹지 않았다.

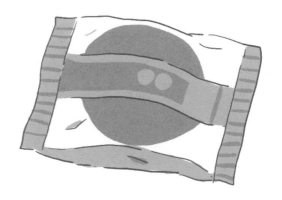

닭다리를 먹지 않는 이유 2

"치킨과 통닭의 차이가 뭔가요."

　문예창작학과 입시를 준비하는 한 학생이 물었다. 질문이었지만 돌을 던지는 심정이 고스란히 느껴졌다. 나는 질문의 무게를 덜어내고자, 농담처럼 둘 다 맛있는 거 아니겠냐고 했다. 그런데 어이없는 꼰대의 말을 들은 듯 학생의 이목구비부터 어두워지고 있었다. 새삼 고3의 저녁을 마주하는 것 같았다. 사실 알고 있었다. 그 질문이 어디에서 시작했고, 물음이 울음으로 그치는 끝도. 때로는 너무 잘 알아서 못 해 주는 말이 많다.

　2020학년도 A대학 수시 1차였던가. 입시를 판가름하는 주제가 나왔다. 학생들은 어떤 주제가 나와도 자신이 노력한 만큼의 대가를 얻기 위해 젖 먹던 힘까지 짜내 준비한다. 학교에서 하는 모의실기부터, 자체적으로 예상 주제를 만들어 최대한 시험을 잘 볼 수 있도록 예습과 복습을 한다. 그런데 입시 주제가 '통닭'이었다. 통닭 한 마리에 입시의 미래가 좌우지되고 있었다. 수제비 잘 빚는 사람이 칼국수 잘 빚는 거겠지만, 주제가

'통닭'이라니. 프랜차이즈 치킨에 길들여진 학생들 감수성에 '통닭'은 없었다.

치킨과 통닭, 차이는 간단하다. 통째로 튀기면 통닭, 부분으로 튀기면 치킨이다. 어른인 내게는 가까운 말이지만, 청소년에게는 아예 없는 말일지도 모른다. 통닭, 생각하면 생각할수록 힘이 빠지는 주제였다. 미리 써 오는 것을 방지하고 새로운 감수성을 만나기 위해 극단적으로 주제를 내는 것이겠지만 대학마다 너무한다 싶은 주제도 많다. 솔직히 심사자들도 쉽게 못 쓰는 주제를 막 내는 게 아닌가 하는 그런 생각도 든다. 언어의 임상실험자가 아니지 않은가.

그 '통닭' 한 마리 제대로 못 썼다고 일주일 동안 퉁퉁 부은 눈으로 있었던 학생을 기억한다. 나는 그 통닭 때문에 닭다리만 못 먹게 된 것이 아니라 어떤 닭 요리도 먹을 수 없게 되고 말았다. 감정 상태와 음식의 맛을 분리하는 건강한 미각 멘탈의 소유자였는데 이젠 통닭 소리만 들어도 눈물로 튀겨졌던 그 겨울의 빗소리가 따라다닌다. 트라우마처럼 닭다리 과자만 보아도 입안이

바짝바짝 마른다.

잊지 못한다, 2020학년도 입시만큼은.

머리말 요구르트 두 병

함부로 사람에게 힘내라 하지 않는다. 도무지 힘이 날 수 없는 사람에게 힘내라는 말은 따뜻한 내용을 가지고 있으면서도 차가운 형식에 지나지 않으니. 차라리 말보다 밥 한 끼를 사 주는 일, 차나 술 한잔 사는 일이 낫다고 생각한다. 행위가 행동을 만들지, 말이 행동을 만드는 일이 드물기 때문이다. 나는 말의 힘을 믿으면서도, 말보다 빠른 사람의 행위를 믿는다. 감각적으로 사람을 지키려는 행위에는 태초의 언어가 숨 쉬고 있다. 어떻게든 사람을 이롭게 하고 싶은 연민의 옹알이가 있다. 그 옹알이는 혀가 아니라, 몸짓이다.

밥을 먹고 싶을 때, 갈증을 축일 차나 술 한잔을 마시고 싶을 때, 내겐 그때가 인생의 무게를 느낄 때이다. 힘내라는 말이 가장 필요할 때이자, 힘을 내지 않고서는 이생을 지키기 어려운 때이다. 새삼 한 번도 이겨 본 적 없는 사람처럼 실컷 져 주고 살았던 청춘 시절이 떠오른다. 아마 대학 졸업반이었을 것이다. 동기들은 졸업 전에 죄다 취업을 해, 어깨에 잔뜩 힘이 들어가 있었다. 분명 동기들의 취업 소식은 반가운 일이었으나, 누군가 잘되는 일로 여수의 푸른 파도로 남실거리던 어깨가 옹달샘이 되고 있었다. 당시 나는 속이 썩어 가기 좋도록 고인 물, 옹졸하기 짝이 없는 상태였다. 힘내라는 말을 들을 때마다 죽은 물고기가 쏟아지는 기분이었다.

문예창작학과 동기들의 취업 성공썰은 본 적 없는 위대한 언어의 향연이었다. 그 정도 입담이라면 신춘문예는 너끈히 통과했을 것이다. 나는 그 위대한 문장을 듣고 또 듣느라 술에 취하기는커녕 지쳐 버렸다. 그러나 끝까지 술자리를 지켜야만 했다. 옹졸해졌으나, 옹졸한 '나'를 들키지 않는 일이 술자리를 끝까지 지키는 일이었기 때문이다. 동기들은 한 번도 실패한 적 없는 것처럼 아침이 올 때까지 술을 마셨다. 아마 동틀 무렵이었고, 기나긴 술자리의 마침표를 찍기 위해 해장국집으로 향하는 길이었을 것이다. 모두 취했으나, 다시 마실 한잔을 기대하며 아침 빛을 찬란하게 맞이했다. 다만, 나는 빛으로 빚어진 어둠이었나. 잠시 벤치에 누웠는데 맛있게 꿈을 꿀 정도로 한밤중이 되었다.

내 꿈속은 동기들의 위대한 취업썰이 한데 버무려지기 좋은 곳. 나는 동기들의 취업썰을 꿈속에 데려와 각색과

첨삭을 아끼지 않았으니, 실로 단꿈이 되기에 충분했다. 술에 지쳐 있었으나, 꿈에는 완전히 취해 있었다. 억대 연봉을 포기하고 작가의 길을 나선 내가 갖은 역경과 수모를 겪은 후, 비로소 노벨 문학상을 수상하려고 할 때였다. 전 세계인의 마음이 웅장해지도록 여수 바다가 아니라, 태평양이 거느린 언어로 수상 소감을 하려고 할 때였건만 그런데 그냥, 아무 맥락도 없이 잠에서 깨고 말았다. 진실로 꿈은 꿈일 뿐이라며 찬란한 햇빛만 술에 지친 몸을 비출 뿐이었다. 현실은 그저 바람 빠진 풍선이었다.

술자리를 끝까지 지키는 일이, 내게 닥친 어둠한테 안간힘이라도 써 보는 일이었건만, 해장국집에 가야 했다. 숙취를 낱낱이 비추는 빛을 견디기가 어려웠으므로 한 숟가락의 따뜻한 국물은 꿈으로 돌아가는 마중물과 다름없었다. 그런데 열네 통의 전화와, 술자리가 끝났다는 문자가 남아 있었다. 술자리도 졌다는 패배감에 몸이 텅 빈 술잔 같았다. 금방이라도 깨지고 싶었고, 이미 깨어졌는지도 몰랐다. 옹졸한 마음을 들켰던 것은 아닐까? 어떻게든 벤치를 벗어나고 싶을 뿐이었다. 그런데 참으로 기이한 것이 벤치 머리맡에 놓여 있었다. 어떤 성공썰도 상상하지 못한 오브제, 바로 오늘 날짜의 요구르트 두 병이었다. 아마 벤츠가 아니라 벤치에 뻗은 청춘이 짠해, 요구르트 아줌마가 두고 간 것 같았다. 나는 물 한 방울이 간절한 갈증 상태였으므로, 의심도 없이 요구르트 두 병을 내리 마셨다. 눈이 뜨이는 맛이자 눈부신 맛이 아닐 수 없었다. 세상 어떤 숙취 음료보다, 해장국보다 힘을 주었다.

내가 술 처먹고 잘된 동기들을 부러워할 때, 옹졸한 가슴을 들키지 않으려고 더없이 어두운 얼굴을 가질 때 어떤 이는 새벽같이 일어나 출근을 하고, 배달을 하고, 이름 모를 누군가의 아픈 속을 달랬던 거였다. 가만 보아하니 입만 야문 나의 동기들도 새벽같이 일어나 도서관 자리를 잡고, 벗들의 커피를 뽑고, 함께 살 자리를 만들었던 거였다. 무엇보다 위대한 것은 살아갈 자리를 사랑할 자리로 만들었다는 데 있다. 동기들의 성공썰에는 악착같이 서로를 깨우고 힘을 받았던 이야기가 빠지지 않았다. 내가 꿈에 빠져 있을 때 동기들은 나보다 먼저 일어나 힘을 내고 또 누군가에게 힘을 주었다. 해장국도 먹으면서, 벤츠가 아닌 벤치에 뻗은 청춘을 걱정하면서.

요즘처럼 힘에 부칠 때가 없다. 뭐가 그리 힘드냐고 물으면 딱히 이유가 없으면서도 힘들다. 어쩌겠냐, 애가 둘인데 당연히 힘들지 않겠냐. 가진 것도 없이 시작했으니 더 그러지 않겠냐. 서울살이가 힘들지. 인생은 원래 그렇단다. 존버 해라. 너는 아버지다. 너의 여수의 자랑이다. 언제나 긍정적으로 생각하라 등⋯ 힘내라는 말을 안부처럼, 돌이킬 수 없는 관념처럼 들을 때마다 나는 요구르트 두 병을 머리말에 놓는다. 육아에 지칠 때마다 아이들과 요구르트 한 병 말고 꼭 두 병씩 먹자고 한다. 한 병은 지금을 위로하는 힘, 또 다른 한 병은 그 누구를 위로할 수 있게 하는 힘이라 믿기 때문이다. 나만 힘내지 않고, 나만 위로하지 않고 그 누구를 위해 요구르트 한 병 정도의 힘을 남기는 일. 아마도 꿈이 다할 수 없는 힘의 실재이자, 영혼부터 핏줄이 돋는다는 말의 실재일 것이다.

비 온다. 오늘은 소주 한잔, 차 한잔, 밥 한 끼 말고 요구르트 두 병이 어떠한가? 혼자만 사는 일 말고 그 누군가를 살게 하는 일은 어떠한가? 힘내라는 말을 기다리지 말고, 먼저 주는 게 어떠한가?

최후의 배후

나는 하기 싫은 숙제를 하듯 아주 늦게 <오징어 게임>을 보았다. 유행에 민감하지 않을 뿐만 아니라, 잔인하고 무서운 영상물을 좋아하지 않으므로 딱히 볼 이유가 없었다. 제철 오징어가 맛있다고 소문이 났다면 그누구보다 앞장서 '오징어'가 가진 전지전능한 맛을 찾으려 애썼겠지만. 보지 않아도 지옥의 맛을 선사할 것 같은 드라마에는 영 관심이 없었다. 만나는 사람마다 오징어, 오징어, 귀에 짠내가 나도록 들어서 그런지 애써 보지 않아도 내용을 훤히 알 것도 같았다.

언젠가부터 사람들이 열광하는 일, 말초신경을 자극하는 일을 좋아하지 않는다. 아이 둘을 키우는 아빠라 그런 것도 아니고, 불나방처럼 무조건 덤벼들던 청춘이 죽어서도 아니다. 조금 촌스럽고 느리게 사는 일이 자연스러워졌을 뿐이다. 나는 사실 촌놈 콤플렉스가 있었는지 모른다. 인정하고 싶지는 않지만. 촌놈 특유의 과장된 패션 감각과 유행하는 것이라면 낱낱이 알아야 한다는 압박감이 있었다. 최첨단의 감수성을 유지하겠다는 명목으로 패션, 영화, 예술, 문화 전반적인 일에 얼리어답터를 자처했다. 그런데 그 자체가 촌놈이라는 반증이었다. 생각만 해도 손가락부터 오그라든다. 헛돈도 정말 많이 썼다. 최첨단의 감수성에 이바지하고자 버는 족족 썼던 것 같다. 별로 후회는 하지 않는다. 서울 사람이 되려면 그 정도 값은 치러야 하지 않겠는가. 돌이켜 보면 서울 유학 비용치고는 선방했다고 할 수 있다.

서울 시민권을 얻은 지 십 년이 넘었다. 십 년이면 강산도 변한다고 했나. 나에게도 적지 않은 변화의 파도가 지나갔다. 갯내 물씬 풍기는 사투리는 여전하지만. 서울 팔학군 출신의 아내를 만나 동경의 대상이었던 서울이 일상이 되어 버렸다. 더럽게 비싼 집값을 피해 한 발자국만 뻗어도 경기도인 곳에 집을 얻었지만 서울에서 일가를 이룬 셈이다. 변했다는 말보다 버렸다는 말이 더 적확한 표현 같지만 어쨌거나 나는 법적으로 서울 사람이 되었다.

나의 가장 큰 변화는 문화적 부채감으로부터 자유로워졌다는 데 있다. 딱히 좋아하지도 않은데 감동 받은 척 연기할 필요가 없어졌다. 그놈의 최첨단의 감수성을 유지하고자 허세로웠던 날들. 이젠 예술의 전당에 가지 않아도 두려워할 것이 없고, 하품이 나오는 오페라를 들으면 미련 없이 단잠을 이룬다. 꿈이 현실이 된다는 것은 예술의 전당에서 잠들 수 있는가, 없는가의 차이이지 아닐까. 비싼 뷔페에 가서 딱 한 접시만 먹을 수 있는 용기를 문화적으로 성숙했다고 해야 할지는 모르지만. 전투적으로 문화를 향유하고 싶었던 나는, 서울의 감성과 종전을 선언하고 있었다.

때문에 <오징어 게임>을 보지 않으면 단톡방 설왕설래에 낄 수 없다고 해도 초조하지 않았다. 그러나 반드시 봐야만 하는 이유가 생겼다. 369번으로 출연한 윤승훈 배우 때문에. 윤승훈 배우는 달고나가 깨졌을 때의 감정을 누구보다 잘 연기한 배우지만, 세상의 모든 동심을 짓뭉개듯 미끄럼틀에 시뻘건 피를 길게 늘어뜨리지만, 면밀하게 보았다는 사람조차 고개를 갸웃거리게 만드는 무명 배우에 지나지 않는다. 그런데도 나는, 그 배우 때문에 아내의 친구에게 넷플릭스 아이디를 빌려 시청해야 하는 번거로움과 두 아이를 곤히 재우고서야 겨우 얻는, 꿈결 같은 시간을 바치어 <오징어 게임>을 시청했다. 오직 윤승훈 배우가 나올 순간을 기대하면서.

기다리던 윤승훈 배우는 <오징어 게임>의 잔혹성을 알리며 초반에 죽고 말았다. 억울한 듯 일그러지는 표정은 맥반석에 올려진 오징어보다 섬세한 연기력을 보여주었으나 그는 대사 한 줄 없이 장렬하게 죽고 말았다. 그러나 <오징어 게임>을 정주행하는 내내 윤승훈 배우와 함께했던 추억은 죽지 않고 있었다. 오히려 마음 한편이 아련하도록 어릴 적 놀이터를 부르고 있었다. 그렇다. 윤승훈 배우는 나와 같은 놀이터 출신인 고향 동네 형이다. 초등학교, 중학교를 같이 다녔지만 놀이터에서 구슬치기, 숨바꼭질, 얼음땡 놀이를 같이한 기억만 남아 있다. 내 기억이 맞다면 형은 놀이에 있어서는 절대 강자였다.

신비로웠다. <오징어 게임>에 나오는 게임들을 함께 했던 동네 형이 배우가 되어 스크린에 등장하다니. 놀이의 절대 강자였던 형이 고작 달고나 게임으로 죽어버리다니. 인생이란 모르는 일이라지만 그 사소한 신비가 <오징어 게임>을 보는 내내 추억을 소환하고 있었다. 승훈 형은 특별할 점이 없었다. 사실 배우에 더 소질 있는 건 나였다. 순전히 나의 생각이지만. 친구들 앞에서 나대기 좋아하고 서울 패션이라며 단꼬바지에서 부츠컷까지 패션의 선봉에 섰던 것은 언제나 나였으니까. 승훈 형은 고학년이 되면서 놀이터 생활을 빨리 은퇴했을 뿐만 아니라, 딱히 눈에 띄는 사람이 아니었다.

세월이란 얼마나 신비로운가. 나대기 좋아하는 나는 존재 여부조차 모르는 시인이 되었고, 평범에 이바지했던 승훈 형은 전 세계적으로 인기를 끄는 넷플릭스 배우가 되었다. 국동이란 작은 동네에서 예인을 두 명이나 배출했으니 실로 대단한 일이 아닐 수 없다. 자뻑하지는 않겠다. 현실을 잘 알고 있기 때문이다. 나도 승훈 형도 사실 무명 시인과 무명 배우에 지나지 않는다는 거. 아무리 아름답게 포장해도 세상의 빛이 머무르기에는 너무 작은 존재들이라는 거. 잘 알고 있다. 진짜 우리들의 <오징어 게임>은 지금부터라는 것도.

새삼 어떤 오기처럼 응원하는 것이 생겨 버렸다. 승훈 형이 <오징어 게임>을 통해 좀 빛났으면 좋겠다. 나보다 훨씬 잘되었으면 좋겠다. 꼭 잘나가는 배우가 좋은 것은 아니지만. 끊기 어려운 무명의 고리를 끊는다면 우리의 놀이터에는 일평생 그리워할 문장이 적힐

지도 모른다. 369라는 번호가 험난한 서울 생활을 여는 묵묵한 비밀번호가 되면 얼마나 좋겠는가. 대단한 선구자는 아니더라도, 적어도 여수이기 때문에 촌놈이기 때문에 맞닥뜨리는 어떤 한계를 멋지게 바꾸게 하는 존재였으면 좋겠다.

가만 보니 나도 좀 잘되어야겠다. 거창하게 어떤 누구의 미래가 되진 못해도 어두운 길을 꿈꿀 때 아주 없는 길은 아니라고 '참고' 정도는 되고 싶어졌다. 삶이 아무리 진창이라도 단꿈이 찾아오고, 그 단꿈은 마침내 달고나의 치명적인 무늬처럼 녹록하지 않지만 촌놈이라고 못 할 일은 아니라고, 최후의 배후가 되었으면 좋겠다. 무명 배우와 무명 시인이 동네 애들의 자랑이라면, 서울 유학을 하지 않아도 자신이 있는 곳이 세상의 중심이라는 걸 알게 되지 않을까. 나는 왠지 책임감 있는 동네 형으로서 더욱더 열심히 살고 싶어졌다.

여수 촌놈들과 제자들

나는 인생에 작은 역전을 이룬 촌놈들에 대해 알고 있다. 바로 나의 벗, 여수 촌놈들이다. 전라도하고 여수, 여수하고도 촌놈을 생각할 때면 실명을 밝혀 지금의 작은 성공이 얼마나 열악한 토대 위에서 이루어졌는지, 낱낱이 발설하고 싶어진다. 그러나 삶이 준 작은 그 선물을 위대하게 받아들였던 나의 촌놈들. 그 고군분투를 아는 나로서는 적당한 이니셜로 그 삶을 추억할 뿐이다.

　신발 도둑계의 일인자 K는 누구보다 발 빠르게 경찰이 되어, 지금은 여수에서 승진 빠르고 구린내 없는 청정 경찰로 시민을 지키는 중이다. '흡연 지도가 필요함.' 학생 생활기록부 역사상 가장 말도 안 되는 문장을 남겼던 Y는, 학생들 꽁초를 줍고 다니는 체육 선생이 되었다. 수업 중에 문신을 새기던 C는, 학교를 그만두고서야 타투 학원 원장이 되었다. 아버지가 허구한 날 기술이나 배우라고 다그쳤는데, 수업 중에도 예습과 복습을 게을리하지 않은 탓에 독보적인 타투 기술로 현재 돈만큼은 최고로 잘 번다. 여수 촌놈들, 시작은 양아치 같았으나 그들의 지금은 너무 근사하다.

오래 추억해 보면 그 양아치 같은 촌놈들이 쌩양아치였을 때에도 제법 아름다울 때가 있었다. 그러니까, 내가 교내 '오월 백일장'서 대상을 받았을 때 일이다. 모든 국어 선생이 어디서 베낀 것이 확실하다고, 저딴 새끼가 이런 시를 쓸 수는 없다고 백일장 대상을 취소하려고 했다. 상이란 건 때론 주고 싶은 사람이 받아야 하는 거니까. 나는 대상의 여부에 대해 크게 생각하지 않았다. "왜 저 장미는 절름발로 와/빗소리도 없이 어두워지는가" 이 구절은 뭔가 아까웠지만. 선생님 말씀처럼 그토록 읽었던 시집의 그림자 같았다. 괜찮았다. 그런데 나의 벗, 촌놈들은 괜찮지 않았다.

"선생님 종권이는 우리랑 달라요. 시를 잘 쓴당께요. 저 새끼 안 읽어서 못 베껴요. 암거나 써 봐라 해요."

뭐라도 꼬투리 잡혀 혼나기를 바라던 벗들이 나의 시를 응원하고 있었다. 선생님한테 맞을 때마다 대놓고 웃었던 것들이, 웃음기를 빼고 내가 사랑한 풍경을 지켜 주고 있었다. 불리하면 흩어지고, 유리하면 뭉치자. 이것이 우리 우정의 비전이었는데, 좀 웃기기도 했다. 그러나 절대 빼앗기고 싶지 않은 우리의 가능성을, 한 번도 쓴 적 없는 '시'로 믿었는지도 모른다. 나의 백일장 대상을 끝까지 지켜 준 건 뜻밖에 벗들이었다. 나는 그때 세상에서 가장 큰 벗들을 만났다. 온전히 '나'인 벗들을.

며칠 전 일하는 학교에서 작은 사건이 있었다. 우리 반 녀석들만 과제를 내지 않아 최하점을 받아야 하는 상황에 놓인 것이다. 나는 엄격한 선생도 훌륭한 선생도 아니어서 제자에게 딱히 바라는 것이 없었다. 교육자로서 최소한의 철학이라든가 반드시 지켜야 하는 선을 정해 두지 않았다. 하여, 성장하면서 일어날 수 있는 모든 상황에 대해 담대한 편이라 할 수 있겠다. 그런데 아무것도 하지 않을 때는 상당히 예민해진다.

내 생각에 학생 중에 가장 어려운 학생은 아무것도 하지 않는 학생이다. 반항적인 태도를 가진 학생이 더 쉽다. 적어도 그놈들에겐 세상을 바꾸고 싶다거나, 세상을 사랑하고 싶은 순정이 있다. 그런데 아무것도 하지 않는 학생은 진짜 아무것도 없다. 그런 학생들을 만나면 내 존재 역시 '없는 존재'인 것 같다. 믿어 줄 것도 꿈꿔 줄 풍경도 없으므로 상담을 해도 사막의 한복판을 걷는 것과 흡사하다. 오아시스도 답도 없다. 나는 학기 초 때마다 반드시 말한다. 양아치여도 좋고, 딱히 열심히 하지 않아도 좋다고. 다만, 아무것도 하지 않는 건 나에 대한 심각한 도전으로 받아들여 응징하겠다고. 그런데 아무것도 하지 않는 학생이 나타난 것이다.

피가 거꾸로 솟구치는 기분이었다. 그런데 심각한 선생과 달리, 과제 미제출 학생들은 천진난만하기 짝이 없었다. 나는 선생으로서 처음으로 체벌이란 것을 해 보았다. 우리 때처럼 몽둥이라도 들고 싶었으나, 할 수 있는 체벌이란 게 벌점을 주는 정도였다. 벌점은 페이퍼컴퍼니 같은 느낌이어서, 고등학교 때 내 작문 실력을 향상시키는 데 혁혁한 공을 세운 '반성문'을 쓰라고 했다.

제자들은 군말 없이 아주 정성을 다해 반성문을 작성했다. 그 정성이면 과제를 백 번 하고도 남았을 것이다. 반성문이란 얼마나 다채롭게 '잘못함'을 인정하느냐에 그 성패가 달린 거 아니겠는가. 문예창작학과 학생들답게 내 학창 시절과 비교할 수 없을 정도로 풍부하게 자기 잘못을 인정하고 있었다. 그런데 모두 다 똑같이 쓴 문장이 있었다. 나한테 실망을 줘서 죄송하다는 말이었다. 자기 인생에 잘못한 것보다 나한테 잘못한 일을 크게 느끼는 것 같았다.

나는 사실 학생들이 아무리 큰 잘못을 해도 실망하지 않는다. 설사 중범죄를 저지른다고 해도 그 기나긴 인생을 지키도록 도울 뿐이지, 지레 포기하지 않는다. 우리는 기나긴 인류이다. 지금은 어두운 미래를 가진 것처럼 보여도, 한 사람이 일어설 때의 빛은 온 우주가 함께한다. 내가 사랑하는 여수 양아치들도 그러지 않았는가. 커서 뭐가 되냐고 선생들이 한숨 푹푹 쉬며 말했는데 경찰 되고, 선생 되고, 돈 잘 버는 예술가가 되고… 뭐든 되고야 말았다. 나는 사실 그 양아치들의 수장이었는데.

나는 인생에 큰 의미가 있다고 믿지는 않는다. 보르헤스가 쓴 『바벨의 도서관』을 읽을 때마다 이러한 내 신념은 더욱더 다져진다. 세상을 다 담을 수 있는 책이란 애초에 존재하지 않는다. 원본이란 건 무수한 카피본 속에서 태어나는 것이다. 인생의 의미는 살아가면서 만들어진다. 나는 딸과 아내에게 너를 만나기 위해 세상에 왔다고 밥 먹듯이 우주적인 뻥을 치지만, 사실 어쩌다 보니 만난 것에 불과하다. 의미가 있어 만난 것이 아니라 만나서 의미가 생겼다.

구구절절한 제자들의 반성문을 읽었다. 내가 반성문을 써야 할 정도로 감동이 있었다. 그리고 여수 촌놈들을 떠올렸다. 나의 제자들도 분명 인생에서 멋진 역전을 이룰 것이다. 다시 기나긴 인류를 믿는다. 살아낸 삶이 가장 큰 스승이라 믿을 때가 온다.

병철과 나

친한 친구가 세상으로부터 존경받는 인물이 된다면 어떨까. 갑자기 어깨에 힘이 들어가고 내 일처럼 기뻐할까. 동네방네 친구와 쌓아 올린 격동의 우정을 자랑하느라 혓바닥이 아플 지경일까. 뭐 그럴 수도 있지만, 나는 절대 아니다. 오히려 세상이 모르는 진실 하나를 가슴에 품은 사람처럼 비장할지 모른다. 존경의 민낯을 파헤치고자, 우정이 가득한 쓰레기통부터 뒤집어엎고 싶을지 모른다. 뒤집어진 존경에는 쓰레기가 난무하거나, 썩은 냄새로 꼬이는 추억도 있을 것이다. 내 친구라면 진짜 그럴지도 모른다. 웃지 못할 과거가 드러낼 때마다 나는 고민도 없이 웃어 버릴 것이다. 세상의 잘못된 존경을 바로잡고자, 함부로 친구의 치부를 드나들 것이다.

다행히도 나의 친한 친구들은 그 누구 하나 존경받는 인물이 되지 못했다. 세상의 존경은커녕 스스로도 존경할 줄 모르는 것들이 대부분이다. 적당히 비겁하게, 적당히 열심히 살아갈 뿐이다. 나 역시도 비슷하다. 아무리 생각해 봐도 서로에게 다행스러운 일이다. 새삼 감사하다. 우리 모두 대충 살아 줘서.

나에게 우정의 정의는 딱 이 정도다. 지위 고하를 떠나 서로의 치부를 함부로 드나드는 사이, 잘난 척해 봐야 웃음거리가 되는 사이, 오랜만에 만나도 별 할 말이 없는 사이, 육두문자 없이 친구라 부르는 게 어색한 사이, 우정이란 이름으로 서로를 미화하지 않는 사이일 뿐이다.

한데 다른 우정의 개념을 선물한 친구가 있다. 시인 이병철이다. 병철과 나는 대학원에서 만났다. 몹시 지성적인 곳에서 만났으니 철학과 이념, 문학적 세계를 심도 있게 다룰 위기에 처할 뻔했다. 그러나 우리는 시인의 지혜를 가지고 만났으므로 술잔부터 나누기 바빴다. 청춘이 주는 불안감 때문인지, 대학원이 주는 열패감 때문인지 참으로 다양한 술병으로 뒹굴었다. 다들 취업을 하고 결혼을 하는 나이에 우리는 지적 방황을 가장한 청춘의 미화범이었다.

병철과 나는 잘 맞았다. 오래 사귀지 않아도, 오래 시를 사랑한 자만이 감각할 수 있는 그 무엇이 있었다. 시에 대해 결코 말하지 않으면서도, 시인이라면 마땅히 지켜야 할 낭만에 있어서는 결코 물러서는 법이 없었다. 비가 오면 비가 왔다고, 봄이 오면 봄이 왔다고 세상의 모든 날씨와 술잔을 부딪쳤다. 우리는 천 개의 달이 뜨는 섬진강에서도, 눈시울부터 붉어지는 섬달천에서도 꽃잎으로 뻗어 있었다. 마음은 노숙하는 일이 많았으나, 눕는 자리마다 꽃자리였다. 지상에 방 한 칸도 우리 것은 아니었지만, 마음의 집은 언제나 꽃대궐이었다.

문득, 병철이가 첫 시집 『오늘의 냄새』를 발간했을 때가 생각이 난다. 시집을 발간하면 설렘과 동시에 곤욕스러운 노동을 부여받는다. 시집을 보내는 일이다. 애써 키운 자식을 이곳, 저곳, 그곳, 먼 곳으로 보내야 한다. 아는 사람부터 모르는 사람까지 어떻게든 시집이 가진 진심을 알아주길 바라며 답장 없는 주소를 적는 것이다.

"종권아, 시인이 다 어렵게 사는 줄 알았는데. 반지하와 옥탑에 사는 시인은 너와 나 둘뿐이구나."

정성 들여 쓰는 손가락에 힘이 풀린 듯 병철이가 말했다. 나는 왠지 그 마음을 알 것만 같았다. 주소마다 한 번도 살아 보지 못한 아파트와 빌라였겠지. 부자를 위해

투표를 하는 것처럼 미천한 자신을 확인하는 일이었겠지. 세상을 다 가진 것 같은 첫 시집인데, 끝내 가질 수 없는 집이 있다는 걸 알았겠지. 절망한 시간도 없이 월세 납입하는 날이 오고, 청춘의 보증금도 얼마 남지 않았다는 걸 알았겠지. 마음부터 견디는 날이 많아, 마음이 무너지는 날이 많았겠지. 병철이 마음을 헤아리다, 이미 그 마음에 세 들어 살고 있는 것 같았다. 사는 일도 쓰는 일도 괜히 맥이 풀렸다.

적어도 병철이가 낚싯대를 들기까지는.

처음엔 낚시가 그냥 취미인 줄 알았다. 병철이네 아버지가 낚시터를 운영한다고 했으니, 필연에 가까운 취미 정도로 여겼다. 그러나 병철의 취미는 존경받을 정도로 위대해지고 있었다. 세상으로부터 존경을 받기도 전에, 나부터 존경을 표하고 싶었다. 살아생전에 다시는 맛보기 어려운 50cm 쏘가리회, 금오도 무늬 오징어, 기대고 싶은 등짝을 가진 위도의 광어, 바다에서 자랐으나 구경도 못 해 본 벵에돔, 부시리, 참돔 등 그야말로 병철은 도시어부였다. 연예인이 내 곁에 있었다.

멋있어 보였지만 한편으로는 한심해 보이기도 했다. 우리나라의 강과 바다로 모자라 전 세계의 강과 바다를 무대로 낚싯대를 던질 때에는 부럽기보다는, 생의 이물감까지 들었다. 채비 비용과 여행 경비만 아껴도 방으로부터 스스로를 구원할 수 있을 것 같았다. 몇 달 치 월세는 능히 들어 보였기 때문이다.

그러나 그건 철저하게 자본에 얽매인 생각이었고, 가난한 질투에 지나지 않았다는 걸 인정해야만 했다. 닮았다고 비슷한 영혼의 크기를 가진 것은 아니었다. 병철과 나는 낭만의 크기가 완전히 달랐다. 나는 겨우 여수 앞바다 정도라면, 병철은 적어도 태평양 정도가 앞바다였다. 그리고 그 낭만의 크기보다 병철이 압도적인 것은 수심 깊은 취미를 모두 글로 바꾸어 버린 데 있었다.

병철은 취미란 미끼로 파랑의 언어가 가득한 책을 낚아 버린 것이다.

내가 가장 바라는 일이었다. 삶이 글이 되고, 글이 삶이 되는 일. 말은 쉽지만 글은 어려운 일이다. 그러나 병철은 첫 시집을 내자마자 낚시 산문집, 평론집, 칼럼을 묶은 책을 잇따라 펴냈다. 그게 글이든, 삶이든 내 눈에는 반지하 원룸에서 세상의 집으로 이사를 한 것으로 보였다. 이병철 회장보다 더 큰 세상의 집을 가진 듯했다. 오랫동안 꿈을 그리는 사람은 그 꿈을 닮아 간다고 했었나. 미지의 세계, 물속을 그리다 병철은 한 마리 고래가 된 듯하였다.

비슷하다, 닮았다, 뻔하다 믿는 친구가 갑자기 존경의 대상이 되면 어떨까. 더군다나 주위에서 비교를 한다면 어떨까. 실제로 병철과 나는 비교가 많이 되었는데, 워낙 외모부터 스타일까지 닮은 점이 많았다. 오늘 뭐 입을지 물어야 할 정도로 옷 스타일도 비슷했다. 그렇게 병철은 '나' 같은 친구였다. 나는 끊임없이 비교를 당했다. 병철이는 박사학위까지 받았는데 종권이 넌 언제 논문을 쓰냐는 둥, 병철이는 책이 벌써 몇 권이냐는 둥, 내 미천한 학업 성취도와 문학적 성취도를 저울질하는 사람이 많았다.

그러나 나는 병철이가 사는 풍경에 의기소침하거나 부러운 눈길을 보내지 않는다. 오히려 그런 잡스러운 마음이 생길까 봐, 내 마음을 오래 경계할 뿐이다. 비록 마음은 여수 앞바다에 지나지 않지만, 내 파도는 달의 크기에 있기 때문이다. 시는 세상의 논리를 무릅쓰고 사랑을 밀어붙이는 힘이지, 사람에게 잣대를 들이대는 일은 아니다.

나는 누구처럼 살지 않아, 비로소 '나'처럼 살 수 있었다. 남들처럼 살지는 못해도 누구도 흉내 내지 못하는 삶을 살아낸 건 나였다. 누군가 내가 살고 싶은 삶을 먼저 살았다고 주눅 들 필요도 없다. 같은 삶을 살아도 나는 나일 뿐이다. 아름답다는 건 아(我)다움을 지켜내는 일이다.

언젠가 병철과 고래밥에 소주 한잔하던 때가 기억난다. 고래밥도 원룸에 산다고 위로처럼 소주를 기울였다. 숨은 그림을 찾듯 우리가 가진 희망을 찾자고 술잔이 깨지도록 부딪쳤다. 그 후, 병철은 아무르 강가에서 세상 모든 연어의 아버지 타이멘을 낚았고, 나는 과잣값이나 걱정하는 두 아이의 아버지가 되었다. 둘 중에 어떤 것이 더 행복한 삶인지 모르지만, 병철은 여전히 낚시로 나는 육아로 세상의 행복을 묻고 있다. 서로 부족할 것도 넘칠 것도 없다. 병철은 병철대로, 나는 나대로.

후생은 없다

나는 낚시를 좋아하지 않지만 낚시꾼이 부리는 현란한 뻥의 세계를 좋아한다. 어떤 명강의로도 만나기 어려운 시의 비약과 생략을 떡밥만으로 풀어 놓기 때문이다. 피라미 새끼가 팔뚝만 한 대어가 되는 건 일도 아니며, 조과의 수는 빤쥬 고무줄처럼 늘어나기 일쑤다. 낚시는 목격자가 있어도 자백이 없는 장르이며, 모두가 거짓말인 줄 알면서도 애초에 사실 따위를 쫓는 장르가 아니다. 온갖 비유와 허풍만으로 파랑이 우거지는 물속 세계를 보여줄 뿐이다. 흡사 시인, 그야말로 낚시인이 아닐 수 없다.

낚시와 시, 글자만큼이나 닮은 점이 많기 때문일까. 나의 벗들 중엔 낚시인이 많다. 그 덕분에 낚싯대 하나 없이 우리나라의 아름다운 강과 바다에 바늘을 던질 수 있었다. 그러나 나의 입질은 언제나 푸른 물빛과의 대작, 술잔부터 입에 걸치고 있었다. 풍경에 취한 건지, 술에 취한 건지 모를 때마다 나의 벗들은 싱싱한 횟감을 가지고 왔다. 행과 연을 나누듯 파랑의 운율로 벼린 회에 소주 한잔을 걸치면, 낚시야말로 입 속의 상상력을 자극하는 예술 그 자체였다.

잘 얻어먹은 자의 보답이란 낚시인의 무용담을 듣는 일. 저명한 시인의 강의를 듣듯이 낚시인이 풀어 놓는 입

술에 귀를 적셨다. 그 푸른 입담은 실로 예술적이다. 좋아하지만 사랑할 수 없는 여인의 고백 같기도 하고, 한심해 보이다가도 신비로운 수심에 허우적거리게 했다. 기억나는 건 청정한 물빛이 작정하듯 빚어낸 회의 맛뿐이지만, 날로 먹는 행복이란 있을 수 없으므로 나는 오래도록 무용담에 귀를 내어 주곤 했다. 낚시 무용담을 들었을 뿐인데, 이 세상 물빛이 빚어낸 언어를 다 살아 버린 듯 내 가슴속은 대어가 가득한 파랑이었다.

마르지 않는 낚시인의 허풍에도 진실은 섞여 있는 법. 현란한 허풍에도 금어기가 있어 질문을 키울 수 있는 시간이 있었다. 나는 허풍에 지쳐 미끼도 없이 질문을 던졌다.

"물고기를 사랑하면서 잡으려고 하는 그 이유는 뭐냐?"

나의 낚시인들은 매번 들었으나, 매번 고민해야 하는 질문처럼 오래도록 입질을 미루었다. 질문의 채비가 약했던 것일까. 아니, 애초에 답이 없던 것일까. 우문현답이 돌아왔다.

"나는 물고기 떡밥이나, 먹이로 태어나야 옳아."

이 대답은 현란한 허풍을 오래 지켜보고 있는 진실 같았다. 이 세상의 진실로 증명할 수 없는 일을 저세상 기약으로 미루는 진실. 어찌할 수 없는 사랑으로 물고기의 숨을 거두어 가지만, 반드시 그 목숨의 대가를 치르겠다는 진실. 왠지 그럴싸한 진실 같았지만 후생에 떡밥이 되든, 지렁이가 되든 물고기는 잡혀 마땅한 존재 같았으므로 그닥 설득력은 없었다. 싱싱한 회를 잘도 얻어먹었으면서.

새삼 나는 후생에 무엇이 되어야 하나, 고민해 보지 않을 수 없었다. 이 세상 모든 희로애락을 술잔으로 바꾸어 버렸으니 술지게미가 되어야 하나. 앉은 자리에서 삼겹살 1킬로는 우습게 먹었으니 돼지 사료가 되어야 하나. 오지 않는 희망마다 커피를 물처럼 먹는 날이 많았으니 에티오피아 커피나무로 태어나야 하나. 현생에 빚진 일을 후생으로 갚는 일은 더럽게 많아 보였으므로 삼겹살에 소주 한잔을 야무지게 하고, 아메리카노로 입가심을 하고 있었다. 후생을 두려워하면서도.

진짜 후생이란 것이 있나. 있다고 한들 현실이란 얼

마나 힘이 센가. 사랑하지만 삶이란 진실을 날조하는 데 이생을 바치는 것만 같다. 현실은 삶의 큰 스승이지만, 진실을 묵도하는 신의 비겁한 입술과 닮아 있다. 지옥이란 그런 것이다. 후생이 있다는 희망을 주면서 한 번도 지금의 현실을 이월하지 않는 것. 하여, 살아간다는 건 지옥을 일시불로 갚는 행위다. 젊든, 늙든 우리 안에 지옥이 죽지 않는 건 당장 갚아야 할 현실이 끝없이 태어나기 때문. 지금이 지옥의 주인이다.

처음 이 글을 쓸 적에 이런 생각을 했다. 낚시인이 미끼로 태어나고 싶듯이 후생에는 내 부모님이, 내 자식으로 태어났으면 좋겠다고. 똑같이 살아 봐야 고스란히 부모의 사랑을 되갚는 일이라 믿었다. 그러나 모든 자식의 후회란 그때를 지키지 못하는 데 있지 않은가. 지금이 그토록 되갚고 싶은 현실이 아닌가. 죽은 미끼로 낚시를 할 수는 있어도, 효도는 지금이란 채비일 뿐이다. 새삼 현란한 뻥의 세계로 현실을 이월하는 것도 의미가 있지만, 내 부모께 바치는 지금이야말로 인생의 큰 대어 낚는 일이란 생각이 들었다. 우리의 현실은 피라미만 득실거리는 지옥이지만, 어떤 부모는 그 지옥을 키워 보겠다고 손 마를 날도 없이 강이 되고 바다가 되기도 했다. 효도든 뭐든, 지

금 잘하자. 후생은 없다, 지금 잘해야 그로록 살아 주고
싶은 세상이 시 없이도 온다.

외롭지 않냐?

지구에 몇 번이나 왔을까. 외롭지 않냐는 말에 피가 돌 때가 있다. 나의 외로움은 나뭇잎 하나 물들이지 못하는 허약한 감정이지만, 가을이 오면 가을이 왔다고 눈시울부터 붉어진다. 긴 어둠이 융단처럼 깔려도 이번 생의 불씨가 죽지 않는다. 이 하릴없는 감정 따위로 지구의 가을을 다 살아낼 것도 같다.

새삼 지구에서 외롭지 않냐는 말을 가장 많이 한 사람이 생각난다. 그는 나보다 지구에 많이 왔거나, 가을을 온전히 살아낸 사람일지도 모른다. 그런 사람의 특징은 외로움에도 온도가 있다. 사람을 죽이는 외로움이 아니라, 지구 최후의 불씨처럼 외로움마저 따뜻하다. 하여, 외롭지 않냐고 물을 때마다 장작불에 옹기종기 모여 있는 손등을 보는 것 같다. 어느 손 하나 잡아 주지는 않지만, 다시 세상과 맞잡을 손을 건네준다.

지구보다 혹독한 서울에 왔을 때 내게 먼저 술잔을 건네준 사람이 있다. 바로 류근 시인이다. 자칭 삼류 통속 연애 시인이지만 단 한 번도 삼류의 시, 통속의 시, 연애의 시를 보여 준 적 없는 말과 시의 거리가 아득한 시인이기도 하다. 다만, 부자를 좋아하면서 가난을 동경하는, 권력을 멸시하면서 낮은 마음으로 술잔을 드는, 지구에 아흔아홉 번쯤 온 시인일지 모른다.

류근 시인과의 첫 만남을 오롯하게 기억한다. 대학원 면접 때의 일이다. 나는 덜 외롭게 시를 쓰고 싶어 석사를 지원한 상태였고, 류근 시인은 외로움에 지쳐 박사를 지원한 것 같았다.

"모두 다 훌륭한 사람 되십시오."

지구의 대학원은 다 안다는 듯한 류근 시인의 첫 마디였다. 스펙을 쌓으려고 왔든, 학문에 대한 진지한 열정으로 왔든 어쨌거나 면접이란 꽤 엄숙한 장르가 아니겠는가. 그것도 나름 중대한 대학원의 면접장이었다. 모든 걸 떠나 그 자리만큼은 왠지 진지하지 않으면 인생을 잘못 살 것 같은, 느낌을 주는 곳이었다. 그런데 류근 시인은 통속적으로 진지한 우리가 외로워, 술잔을 치켜세우듯 거칠게 한마디를 뱉었다.

훌륭한 사람이 되라니. 처음에는 참으로 무례한 사람이란 생각이 들었다. 나이 어린 대학원 지원자들도 많았지만 류근 시인보다 나이가 든 지원자들도 많았기 때문이다. 나도 알았다. 대학원이란 곳이 통속적인 목적을 위한 '수단'으로 전락했다는 거. 그러나 지구가 멸망할지라도 지성의 가치를 최후까지 지키는 곳이 대학원이길 바랐다. 학교가 인생의 공부를 완성하는 곳은 절대 아니지만, 아니라고 해서 평가 절하 받아야 하는 곳도 아니지 않은가. 대학원이 갈 곳 없는 청춘의 도피처가 되었고, 자본으로 움직이는 야망의 성지가 되었다고 해도, 적어도 나한테는 시에 대한 순정을 알아봐 줄 유일한 곳 같았다. 좀 더 솔직히 말하자면 가난한 슈퍼집 아들의 외로운 로망 같은 거였다.

훌륭한 사람 되자고, 외로운 로망이나 지키겠다고 대학원에 지원한 것은 아니었지만 나는 대학원에 합격했다. 류근 시인도 훌륭한 사람이 될 필요 없이 이미 많은 걸 이룬 듯했지만 같은 교실에서 수업을 듣고 있었다. 그러나 교실에 시가 있을 리가 있겠는가. 나는 창밖으로 허탈하게 지나가는 계절을 바라보고 있었고, 류근 시인은 창밖의 술집에서 훌륭하게 다가온 삶이 외로워 술잔의 무게를 비워내고 있었다. 그리고 수업보다 중요한 개강 총회였던가. 다들 교수님들 말씀에만 귀를 기울일 때, 교수님이 마치 우리의 인생을 쥐고 있다고 믿을 정도로 과잉 충성으로 붐빌 때, 대학원에 들어와 그토록 듣고 싶었던 한마디를 류근 시인이 해 주었다.

"시 좀 보자."

나 역시 석사, 박사 같은 이 세상의 이력에 크게 관심이 없었다고 할 수는 없다. 교수님한테 잘 보이고 싶어 어떤 때가 되면 여수 갓김치나 게장을 바쳤고, 내 부모님은 한 번도 먹어 본 적 없는 값비싼 술도 할부로 척척 긁어서 바쳤다. 잘나가는 대학원 선후배에 비하면 한참 모자랐지만. '훌륭한 사람'이 되고 싶어서 고향의 특산물을 팔고, 한 달 치 월세 같은 술값까지 팔았다. 그놈의 한통속에 빠지지 말자 했지만 그 한통속에 내가 없을까 봐, 진짜로 없는 주머니를 털었다. 텅 빈 영혼으로도 보여 주고 싶은 건 오직 시, 시에 대한 순정이었다. 그러나 아무도 내게 시를 보여 달란 사람이 없었다.

시가 없이도 훌륭하게 살아갈 사람들 곁에서 나는, 크게 외로웠다. 누군가 외롭지 않냐는 말만 건네도 마음의 빈자리가 아물지 않는 흉터가 될 것 같았다. 하여, 류근 시인이 건넨 시 좀 보자는 말은 그 자체로 안아 주는 말이었다. 따뜻하도록 불씨를 남겨, 사랑받고 싶은 마음보다 소중한 무엇을 지켰다는 안도감을 주는 말이었다. 그리고 시가 좋으니 다 괜찮을 거라는 말. 그렇게 류근 시인은 류근 형이 되었고, 술잔이 가진 무게로 지구의 중력을 견디는 친구가 되었다.

우정이 주는 부작용도 있었다. 어쨌거나 비싼 등록금을 내는 대학원이 아니던가. 뭐라도 배우고 싶은데 류근 형은 수업 때마다 낮술이나 먹자고 여수 촌놈의 순정에 불을 지폈다. 낮술 먹자는 말, 사실 얼마나 향기로운 말인가. 나는 그 향기에 먼저 취해 형과 참으로 많은 낮술을 이루었다. 재능은 교실보다 술집에서 발현되는 것인가. 시 창작 능력도 향상되고 있었다. 학점은 엉망이었지만 술집 매상에서는 언제나 일등을 자처했다. 모두 다 류근 형이 계산했지만. 나는 술잔의 무게만큼 시를 견디는 법도 배웠다.

"외롭지 않냐."

언제나 나의 안부를 묻는 류근 형의 첫 마디이다. 이제 외로움이 그리운 아이 둘의 아빠가 되었지만, 언제나 형이 던지는 안부는 지구의 무게를 덜어 준다. 살아간다는 말에서 사랑한다는 말로 받침 하나를 꼭 빼 준다. 사랑이 이 지구가 마지막으로 지켜내야 할 말이란 걸 알게 해 준다. 외롭지 않냐는 말, 그것은 아마도 '시'를 지키는 말이자 시인으로서 세상 모든 존재에 전하는 안부의 말일지 모른다. 어떤 안부는 바깥으로 열려 있는 안. 지구의 외로움이 훌륭하도록, 언제나 나는 형의 말이 달갑다.

빼빼로거나 삐에로거나

우산 없는 여름, 한 사람을 생각하는 것만으로 겨울 비가 오고 있다. 마음이 움푹 팬 자리마다 빗소리가 고이고, 얼굴은 금세 물웅덩이가 되고 만다. 젖은 얼굴에는 황망한 구름이 먼저 지나간다. 믿기지 않아 울었고, 울 수 없어 밤새 술잔을 들었던 밤이 지나간다. 지나간다는 건 떠나간다는 거였나. 겨울나무가 잔뼈를 드러내며 계절을 옮기듯 저세상으로 한 사람이 목숨을 옮겼다. 빗소리가 시작하는 여름에 태어나, 겨울 빗속으로 아주 떠나 버렸다.

끝내 겨울 빗소리가 된 그 한 사람은 페이스북 친구 조성은 누나이다. SNS 인연을 우습게 생각하는 사람도 많겠지만 인연은 어떻게 만났느냐보다, 무엇을 만났냐는 게 더 중요하지 않을까. 사실 나도 이렇게 말하지만 피부가 없는 만남을 신뢰하지 못했다. 그러나 살을 맞대고 있는 허상보다 손끝이 정직한 허상이 내가 살고 싶은 실체였다. 말이 아니라 글로써 사람을 이해하고 만나는 일이 좀 더 나다운 형식 같았다. 적어도 내 가상 친구들은 이 가짜 같은 세상에 진실을 말하고 있다. 한여름의 소나기처럼 삿된 것들에게 등짝 스매싱을 날리는 걸 아끼지 않는다.

말보다 삶이 깃든 글을, 글보다 사람을 먼저 만나게 해 주는 것이 페이스북이었다.

조성은 누나는 페이스북이 준 선물이었다. 인연을 맺으려고 노력하지 않았지만, 어떤 운명처럼 우리는 만나고 있었다. 처음에는 기이하다 여겼다. 빼빼로처럼 깡마른 몸으로 시인, 소설가, 화가, 사진작가 등 세상의 무용한 가치를 사는 사람의 편에 서 있었기 때문이다. 잘난 것보다는 못난 것, 가진 것보다는 없는 것, 필요한 것보다는 쓸모가 없는 것에 정성을 다하는 사람 같아 보였다. 무엇보다 기이한 것은 정성을 다하되, 아무것도 바라지 않는다는 거였다. 문화예술을 사랑한다는 사람들도 알고 보면 제 마음의 권력이라도 행사하고 싶어 한다. 그런데 성은 누나가 사랑하는 풍경에는 다른 마음이 끼어들 자리가 없었다.

성은 누나를 그리워하는 사람들은 모두 한결같이 말한다. 한없이 맑았던 유머가 그립다고. 눈물보다 웃음이 투명한 사람이었다. 성은 누나는 특별한 유머 감각의 소유자이자, 남다른 유머 스펙을 가지고 있었다. 웃기려고 애쓰지 않아도 웃기고, 웃자고 덤비고 들어도 웃겼다. 잠시 그녀의 어록을 가장 생생하게 기억하는 절친이자, 사진작가인 대니 님의 그리움을 빌려 본다.

"오늘 커피는 사다리타기 락액락(복불복)으로 하자."

"(순대를 주문하며) 이모, 장기(내장)도 많이 주세요."

그녀의 엉뚱발랄한 말들은 그녀가 세상을 떠나고 나서도 계속 회자되고 있다. 어쩌면 그녀는 빗소리를 두고 떠난 것이 아니라, 유머처럼 마음의 빗소리를 피하는 우산을 두고 떠났는지 모른다. 혹시 농담과 유머의 차이를 아는가. 농담은 말의 우위에 있지만, 유머는 말 아래에 있다. 농담은 공격적이지만, 유머는 생각하는 약점이 많다. 그녀는 낮은 세상의 말을 더 아꼈으며, 약한 말의 아름다움을 아는 사람이었다. 아무리 그녀를 허당이니 푼수니 불러도 마음을 꽉 차게 해 주는 사람은 성은 누나 하나였다.

어쩌면 진짜 허당이자 푼수는 나일지도 모른다. 첫 시집을 발간했을 때의 일이다. 등단을 하고 8년 만에 시집을 낸 터라 마음이 들떴다. 어찌 시집이 한 사람의 풍경이겠는가. 시를 사랑하는 사람들의 풍경이지. 잘난 척하고 싶은 마음보다 감사함을 표현할 수 있다는 명분이 선 것 같아 마음이 아주 널을 뛰었다. 매일 큰절을 올리고 싶은 서울의 아비 류근 시인, 시의 지성소를 다시 세워 준 이병일 시인, 시보다 큰 풍경을 알려 준 김정환 형 등 감사할 사람이 많았다. 그리고 누구보다 해설을 쓴 황정산 선생님께 감사함을 먼저 전하고 싶었다. 시 해설이 시보다 어려운 세상. 시도 어려운데 해설까지 어려운 시집을 독자들께 주고 싶지 않았다. 황정산 선생님과 이렇다 할 인연은 없었지만, 단번에 시와 벗할 수 있는 문장을 가진 분이라 부탁을 했다. 그리고 흔쾌히 승낙을 받았다.

흠모하던 시 해설을 받았기 때문일까. 좀 과한 곳에서 감사함을 표현하고 싶었다. 강남하고도 압구정, 압구정하고도 알아주는 일식집에서 식사 예약을 잡았다. 국밥 한 그릇만 대접해도 충분히 따뜻하게 마음을 읽어 주실 분이었지만, 나도 민어 코스 요리를 먹고 싶어 개인적

식욕을 감사함으로 포장했다. 사실 상견례 때 시인 할인을 제대로 받은 곳이라, 가격도 제법 합리적일 거라 믿었다. 그러나 확실히 나는 촌놈이었다. 런치와 디너의 가격은 여수와 서울의 차이였으며, 수성과 금성의 거리였다. 민어 코스 요리가 전부 다 해서 15만 원인 줄 알았는데, 1인당 15만 원이었다. 무려 민어 코스인데 술이 빠졌겠는가. 소주병만 한 맥주도 만 원을 호가했다. 그날 나는, 5개월 할부로 시집 100권 값을 지불해야만 했다.

시집 100권 값을 지불한 일식집, 그 자리에서 성은 누나를 처음 보았다. 초대할 이유도, 함께할 이유도 없었다. 그러나 우리는 어떤 운명처럼 민어 부레 한 점을 들고 술잔을 부딪쳤다. 솔직히 조금 아까웠다. 처음 보는 페이스북 친구에게 일평생 몇 번 가 보지도 못한 고급 일식집 식사를 대접한다는 게 녹록지 않은 일이었다. 바다의 마음으로 시를 지을 때가 많았지만, 술값 앞에서는 아주 그냥 옹달샘에 지나지 않았다. 감사함을 전하러 갔다가, 성은 누나 덕분에 내 속물근성만 들키고 있었다. 진짜 허당이자 푼수는 돈의 눈금에 저울질 당하는 나인 것 같았다.

성은 누나의 부고 소식을 듣던 겨울밤을 기억한다. 윤슬이랑 병원에 놀러 간다고 했었는데, 혼자 소풍을 가 버렸다. 나는 그 소풍 제발 가지 말라고 겨울비를 부르고 있었다. 우산 없이 겨울의 한복판에서 빗소리를 맞고 있는 것 같았다. 그러나 그녀는 한겨울의 아지랑이처럼 사라져 버렸다. 이 세상이 기꺼운 소풍이라는 듯 한 줌 재가 되어 버렸다.

기억한다. 빼빼로처럼 가녀린 몸으로 사람 없는 문학 행사를 꽉 채워 주던 사람. 허당끼 가득하지만, 내 아내의 임신과 출산을 살뜰히 챙겨 주던 사람. 어두운 병상에서도 특유의 유머로 세상 어두운 것들의 빛이 되어 주던 사람. 삐에로인 양 웃음을 몰고 다녔지만, 한 번도 웃음거리가 되지 않은 사람. 유머라는 우산이 있어, 어떤 슬픔에도 젖지 않은 사람. 나는 그 사람, 조성은 누나를 잊지 못할 것이다.

7월 3일, 오늘은 성은 누나의 생일이다. 이미 세상을 떠났지만, 페이스북이 먼저 누나의 생일을 기억하고 있다. 여전히 환한 미소로 남아 있다. 그리고 알았다. 성은 누나는 초여름에 태어나 초겨울에 떠났다는 것을. 때때로 페이스북은 죽은 후에야 그 사람이 살아냈던 풍경을 더 또렷하게 보여 주곤 한다. 더 춥다. 지금 내리는 비는 여름을 재촉하는 비지만 겨울비처럼 춥다. 그리움의 마디가 룩룩 끊기듯 아프기까지 하다. 한 사람을 그리워하는 것만으로 마음의 잔뼈가 다 부서지는 것 같다. 어떤 슬픔은 눈물보다 웃을 것이 많아서 함부로 비에 젖지 못한다. 빼빼로처럼 마르고, 삐에로처럼 웃겼던 그녀를 잊지도 못한다.

과자 한 봉지만 한 희망

스웨이드 첼시부츠, 세월이 곱게 내려앉은 트렌치코트, 욘사마가 울고 가지는 못해도 웃고 갈 바람머리를 하고 가을을 하릴없이 걸었다. 낙엽이 바스락거리는 거리를 걸으면 발자국마다 쓸쓸한 추억이 고일 것도 같은데. 시인처럼 이생의 상처를 다 걸어 버릴 것도 같은데. 낙엽 바스락거리는 소리에 과자부터 생각이 났다. 한껏 멋을 부린 사나이 가슴에 나부끼는 것이 고작 과자 봉지라니. 초록을 쏟아낸 은행나무처럼 허탈하다가도, 누런 낯빛에 웃음이 번졌다.

나는 삶이 피폐하다고 여겨질 때마다 일부러 옷을 잘 입는다. 과자 하나 맘대로 살 형편이 되지 않아도 최대한 근사하게 나를 꾸민다. 가난이 기웃거리지 못하도록, 가난이 마음을 구속하지 않도록, 특별한 날이 아니라도 날 특별하게 입혀 준다. 없어 보이는 걸 두려워해서일 수도 있고, 그냥 개폼 잡는 걸 좋아한다고 할 수도 있다. 그러나 나를 초라하게 두지 않으려는 그 개폼이 영혼의 배수진이었다. 입는 거지는 얻어먹어도 벗은 거지는 못 얻어먹는다는 말은 안 하겠다. 다만, 자신을 대하는 작은 형식 하나가 삶의 내용을 바꿀 수 있다는 건 믿고 싶었다.

그해 가을, 아마도 잔뜩 멋을 부리고 하릴없이 걸었던 것은 갈 곳이 없었기 때문일 게다. 애인을 잃고, 직장을 잃고, 믿었던 것으로부터 완전히 버려져 있었을 게다. 술집을 기웃거릴 만한 돈도 힘도 없어 텅 빈 가을 속으로 꾸역꾸역 발자국을 밀어 넣었을 게다. 걸을수록 목이 메는 현실에 숨이 막혔을 게다. 그러다가 실성한 사람처럼 웃었겠지. 명색이 시인인데. 뚝뚝, 떨어지는 은행을 보고 눈물 떨어지는 사색에 잠긴 게 아니라, 논두렁 과자를 생각했으니. 침까지 고이고 말았으니. 웃는 것이 차라리 가장 아픈 방식의 외면이었겠지.

그런데 왜 하필 논두렁 과자였을까. 논두렁 과자를 추억의 입 속에 굴려 보면 짠한 맛부터 올라온다. 특별히 맛있었다기보다는, 주머니가 헐거울 때 사 먹던 맛. 그러나 하나의 취향으로 보이고 싶던 맛. 친구들이 몇백 원짜리의 과자를 구입할 때 적어도 먹는다는 안도감을 주던 맛. 단단해서 다 먹지도 못하던 맛. 50원짜리 과자에 기백만 원의 이빨이 부러지던 맛. 논두렁 과자는 애써 모면하고 싶은 가난의 맛이었다. 사탕발림이 아니라 단짠단짠을 감행하던 강단이 있던 맛이자, 이빨 빠진 유년의 맛이었다.

이젠 그 어떤 과자보다 술맛이 좋은 나이. 입 속에 돌멩이가 굴러도 무딘 나이. 울지 못해 웃는 날이 많은 나이. 추억으로 이생을 견디기도 애매한 나이가 되었다. 그러나 이를 앙다문 개폼으로 참혹한 현실을 걸어가고자 할 때 논두렁 과자를 생각해 보는 것이다. 과자 하나에 괜히 비장해 보는 것이다. 웃기지도 않은 인생을 위하여 이빨 빠지도록 한번 웃어 보는 것이다. 웃다 보면 과자 한 봉지만 한 희망으로도 살 수 있을 때가 많았다. 모든 걸 탕진한 그해, 과자 한 봉지가 있어 버려질 대로 버려진 가을을 온전히 건널 수 있었다.

격포에 가면 스승이 있다

신들의 서재가 있다는 격포에 들었다. 만 권의 책을 쌓아 올렸다는 채석강에 들자, 어떠한 상처 없이도 눈물이 그렁그렁 맺혔다. 일 때문에 간 곳이었지만, 사실 좀 울고 싶어 든 곳이 채석강이었다. 눈물의 성질이란 물이면서 동시에 불이 아니던가. 파랑의 물빛으로 밀어 올리는 붉은 절벽과 노을을 보면 최초의 눈물을 만날 것 같았다. 신들이 그토록 쓰고 싶었던 책, 그 책 속에 깃들어 내 눈물의 마침표를 찍고 싶었다. '푸른 심장을 가진 자만이 눈시울이 붉어진다'는 내 청춘의 문장을 다시 만나고 싶었다. 나는 신의 은유를 만나고자, 속눈썹이 길어지도록 채석강에서 오래 울고 있었다.

　얼마나 울었을까. 더는 울 수 없을 정도로 저녁으로 기울자, 아니 그리워할 수 없는 은사님이 생각이 났다. 『격포에 오면 이별이 있다』라는 시집을 우리 곁에 남기고 간 송수권 시인이 그리워졌다. 세상은 그저 남도의 서정 시인, 향토 시인 등으로 스승님의 명성에 마침표를 찍지만 나에게는 불멸의 문장으로 남으신 분이다.

　은사님을 그리워하는 것만으로 푸르뎅뎅한 대학 시

절로 돌아가고 있었다. 아마도 대학 졸업반 수업 시간이었을 것이다. 은사님은 시에 나타난 물의 이미지와 불의 이미지를 매우 진지하게 가르치고 계셨다. 호방한 글씨체, 정교하게 쌓아 올린 칠판 판서로 문청들의 마음을 몹시 달뜨게 하고 있었다. 말로 잘 가르치는 문창과 교수님은 많이 보았지만, 칠판 판서 자체로 한 권의 책을 꿈꾸게 하는 교수님은 드물 때였다. 그분의 곰삭은 남도 사투리는 감히 명명할 수는 없지만 한번 들으면 뻘밭에 빠진 듯개미진 맛이 있었다. 그러나 나는 훌륭한 제자답게 시에 나타난 물의 이미지나, 불의 이미지에 대해서는 전혀 기억하지 못한다. 다만 천진한 햇살이 그늘 많은 나무를 들추듯이 은사님과의 대화는 기억한다.

"종권아, 너는 물 같은 사랑을 하고 싶으냐, 아니면 불같은 사랑을 하고 싶으냐."

"선생님, 사랑은 어떤 이미지가 아니지라. 물불을 가리지 않는 게 사랑이지라."

"종권이가 운동권인 줄 알았는데, 문창과 4년을 허

루루 다니지는 않았고만."

은사님 눈에는 그랬을 것이다. 시를 쓴다고 하는 학생이 신춘문예보다 체육대회에 더 열의를 보이고, 수업 시간에는 코빼기도 안 보이면서 뒤풀이 술자리에는 앞장서고 있었으니. 참으로 한심해 보였을 것이다. 심지어 이별하고 아파할 시간도 없이 계속 연애, 죽지 않는 연애를 선보이고 있었으니. 지성과 미적 탐구를 일삼는 문창과 학생들에게 방해가 되지 않을까, 문학적 걱정을 했을지도 모른다. 그냥 운동 좋아하고, 술 좋아하고, 사랑이 헤픈 학생이었으면 그러려니 할 수도 있지만 심심찮게 시를 쓰고, 뜻밖의 수상 소식을 전하기도 했으니. 약간 자기 비하를 하자면 문학적 계륵이었을지 모른다. 단 한 번 칭찬을 해 주지 않으셨다.

나는 사실 대학 입학 동시에 알았다. 문창과 내면을 구성하는 뼈와 피를 따르기에는 너무나 다른 몸을 가졌다는 걸. 고등학교 내내 사회체육 입시만 생각했는데 문창과라니. 몸에도 엄연히 시차가 있고, 추억이 있고, 섞일 수 없는 것이 있다. 어쩌면 내가 운동장, 술집, 연애를 청춘의 도피처로 삼은 것은 '집 없는 몸'처럼 갈 곳이 없었기 때문이다.

나는 굶어 죽기 좋은 문창과 졸업반, 외투처럼 나이만 먹었을 뿐 희망은 벌거숭이와 다름없었다. 그런데 계륵 같은 나에게도 신춘문예 당선 통보가 왔다. 일생일대의 큰 죄를 짓는 것 같았고, 죄명을 자백하지 않는 죄수가 된 심정이었다. 다시 울지 않을 것처럼 울던 날이기도 했다. 당선이 되고, 은사님을 찾아뵙고 싶었다. 문창과에 입학하고 처음으로 갈 곳이 생긴 거였다. 마음이 날아갈 것 같아, 양손 무겁게 들고 은사님을 찾았다. 그리고 아니 울수 없는 풍경을 보고야 말았다.

시의 채석강이었다. 서재의 모든 벽면에 제자들의 시가 가득 차 있었다. 칭찬에 인색한 스승님인 줄 알았는데 시의 투고 일자, 시를 투고한 신문사, 신문사의 성향, 시의 성격 등 제자에 대한 연민으로 벽면마다 시의 채석강을 이루고 있었다. 시인을 키우는 선생의 기본을 가르쳐 주는 것 같았고, 가장 순수하게 시를 썼던 마음으로 데려다주고 있었다. 나는 스승이 쌓아 올린 시의 절벽을 보자 눈물이 가장 먼 여행인 양 오래 울고, 다시 오래 울어 버렸다. 스승은 "서해에 와서 지는 낙조를 보고 울기 전엔" 눈물의 출저를 묻지 말라고 했지만, 나는 이 세상 시의 출저를 이미 보아 버린 듯 눈시울이 서해 낙조와 닮아가고 있었다.

시 쓰기가 외롭고, 시를 지키기는 더 외로운 날들이 오고 있다. 그럴 때마다 스승의 채석강에 적힌 단 한 줄을 잊을 수가 없다. 내 인생에 그토록 아름다운 주홍글씨는 없을 것이며, 앞으로도 영영 만나지 못할 것이다.

"황종권, 그리움이 출렁거리는 시, 피멍이 들도록 필사하고 싶은 시."

나는 이제 서해에서 울 만큼 울다 간 파도인 양, 타들어 갈 만큼 탄 노을인 양 물불을 가리지 않는 시를 쓸 수 있을 것 같았다. 격포에는 스승이 있었다.

4장
내가 끝까지 살아낼 삶의 이름들

예전에는 바나나 맛, 딸기 맛 등 한 가지 맛만 담겨 있었
는데, 지금 나오는 아폴로는 한 봉지에 다섯 가지의 맛이
들어 있다. 아폴로는 맛의 동화책인가? 아이들은 무지개
속 세상을 엿보는 것 같았다. 성냥팔이 소녀가 성냥 하나
로 꿈을 그리듯이 아폴로를 하나하나 먹을 때마다 아이
들은 단꿈에 빠지고 있었다.

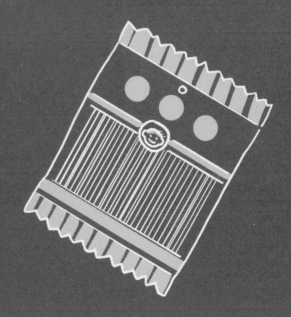

엄마처럼 살겠다

단칸방이 딸린 슈퍼인지, 슈퍼가 딸린 단칸방인지 모르지만 방울 슈퍼는 어린 내가 처음으로 지켜내야 하는 공간이었다. 딱히 슈퍼를 보는 일은 어렵지 않았다. 손님 이라고 해 봐야 대부분 동네 사람들이었고, 가격을 모르 는 게 있다면 엄마가 있을 때 계산을 하면 그만이었다. 외 상이 빚이 아니라 정이었던 시절이었고, 불신보다 믿음이 더 쓸모가 있던 시절이었다. 그러나 엄마의 부재는 동네 술꾼들에겐 재앙이자, 인재였다. 유병록 시인의 시 제목 을 빌리자면 "지구 따위 사라져도 그만이지만" 슈퍼집 주 인이 없다는 건 작은 멸망과 다름없었다. 하늘이 무너진 것 같은 표정 여럿 보았다.

새삼 떠오른다. 방울 슈퍼엔 주류 판매 원칙이 있었 다. 술은 슈퍼에서 마시는 값이나 파는 값이 동일했다. 요 즘의 편의점과 흡사하지만, 잘 빠진 시대가 흉내 낼 수 없 는 프리미엄 서비스가 있었다. 술이 있는 곳에는 안주를 내놓았다. 막걸리 마시는 곳에는 잘 익은 김치를 내놓고, 맥주 마시는 곳에는 연탄불에 구운 것도 모자라 맛소금까 지 솔솔 뿌린 김을 내놓았다. 이러니 하늘이 무너진 것 같 은 표정을 지었던 것이다. 또 하나의 주류 판매 원칙, 소주는 마시고 갈 수 없었다. 엄마는 술을 즐기는 자와 취하는 자를 확실하게 구분하고자 했다. 맥주와 막걸리도 그 맛과 멋을 잃어버리면 가감 없이 판매 중지를 선언했다.

나는 가끔 어떤 글을 쓰는 사람이 되고 싶냐고 스스로에게 묻는다. 그때마다 답은 엄마 같은 글을 쓰는 사람이다. 그러려면 잘 써야겠지. 그런데 또 이런 답도 해 본다. 내 글이 그리 대단하지 않더라도 없는 마음을 모아 잘 익은 김치를 내놓고, 맛소금 솔솔 뿌린 구운 김을 내놓는다면 그걸로 충분하지 않겠냐고. 그것도 참 어려운 일이지 않겠냐고.

오징어 로맨티스트

대형 마트에 가지 않으려고 노력하는 편이다. 조금 더 비싸더라도 그때그때 필요한 물품들은 작은 슈퍼에서 구입을 한다. 슈퍼집 아들의 순정은 아니고, 15년 자취 생활을 하며 얻게 된 지혜다. 비싸게 사는 것 같아도, 가계부를 헤집어 보면 마트보다 백번 낫다. 마트는 더 싸게 판다는 조건으로 더 많은 걸 사게 만든다. 경제적인 것 같아도 자취 경제를 망치는 주범이 마트다. 반값 특가, 70~80% 할인에 혹하면 안 된다. 지름신이 강림할 때마다 우리는 기억해야 한다. 어쨌든 안 사면 100% 할인이다.

그러나 생활이란 게 어찌 지혜와 논리로만 해결이 되겠는가. 절대 마트는 안 간다고 신발을 벗어 던져도 급하면 슬리퍼를 끌고 달려가고, 가성비 끝판왕이라며 자아도취적 소비를 촉진하는 게 생활일 것이다. 오늘도 그 어쩌지 못한 생활의 발걸음으로 마트를 서성거리고 있었다. 생물 오징어 세 마리가 3,900원밖에 안 한다는 전단을 보았기 때문이다.

반드시 오징어만 구입하리라. 나의 결심은 전쟁에 임하는 장수인 양 비장미까지 흘렀다. 그러나 맛에 대한 욕망은 오징어 빨판과 다름없었다. 3,900원짜리 오징어 맛을 힘껏 끌어당기고자, 삼겹살부터 시작해 각종 식자재를 구입하고 있었다. 계산대에 섰을 때는 그냥 오징어가 아니라, '싯가'를 자랑하는 자연산 무늬 오징어 가격을 지불해야만 했다. 깨끗하게 패배를 인정하지 못하는 장수인 양 3개월 할부를 요구하고 있었다.

나는 어쩔 수 없는 사람. 하루 이틀 마트와의 전쟁에 패배한 것은 아니지만, 왠지 모르게 분했다. 분해 죽겠는데 막상 만든 오삼불고기는 바다와 육지를 아우르는 맛이었다. 어찌나 맛있던지 라면 사리에 볶음밥까지 배꼽을 풀고 먹고 있었다. 매운 오삼불고기를 중화시키고자 만든 오이냉국은 어떤가. 매운내가 풍길 때마다 새콤달콤하면서도 시원한 맛은 폭식의 불길에 기름을 붓고 있었다. 오이가 때로는 매운맛의 장작이라는 것도 알게 되었다. 마트에 주머니가 털릴수록 입 속이 맛있는 불멍으로 바뀐다는 것도 알았고. 이게 사람인가 싶을 정도로 입 속의 장작을 때웠다.

새삼 마트에 갈 때마다 방울 슈퍼가 망한 이유를 떠

올려 본다. 이윤보다는 정을, 할인보다는 가난을 나누었던 슈퍼의 종말을 생각해 보는 것이다. 안 사도 이웃의 정이 순도 100%였던 시절. 세간의 소문처럼 진짜 초대형 마트의 등장 때문에 방울 슈퍼가 망했을까. 단지 자본주의 논리로 방울 슈퍼가 시퍼런 셔터문을 닫았던 것일까. 나는 지구처럼 유년의 멸망이자, 추억의 종말에 대해 생각해 보는 것이다. 그런데 죽지 않는다. 방울 슈퍼는 나의 지성소이자, 우주에서 가장 아름다운 행성.

방울 슈퍼가 망한 이유는 그저 사랑할 풍경보다, 살아내야 하는 풍경이 무거웠기 때문이다. 아껴야 잘산다는 삶을, 싸게 사야 잘산다고 믿게 만든 마트도 한몫했을 것이다.

방울 슈퍼는 수평선 너머로 사라져 버렸다. 하나, 나는 사라지지 않았으므로 죽지 않는 삶의 로맨스는 계속될 것이다. 세상의 숫자놀음에 속을 때마다 알게 된 것이 있다. 희망은 찾아봐야 본전이지만, 안 찾으면 손해라는 것을. 99%의 절망으로 빚어진 희망이라 할지라도, 희망하지 않으면 삶은 100% 할인율을 자랑하는 죽음과 다름없다는 것을. 나는 오늘도 살고 싶으므로 죽음과 흥정하지 않는다. 다만, 오징어 한 마리의 발판으로도 가능한 인생의 맛을 도모할 뿐이다.

"징허게 맛있는 나의 인생, 아니 3,900원 오징어의 무궁무진한 맛을 위하여."

가장 큰 도둑

"내 원체 아름답고 무용한 것들을 좋아하오. 달, 별, 꽃, 바람, 웃음, 농담 그런 것들."

내가 애정하는 드라마 <미스터 션샤인> 김희성(변요한 배우)의 대사이다. 실제 독립운동가 김용환 선생님을 모티브로 만들었다는데, 암울한 시대에 맞선 총칼만큼이나 세상을 바꿀 수 있는 말이라 생각한다. 문득 돌이켜 보면 인생은 쓸모를 위해 산다지만, 쓸모없는 것들을 위해 사는지도 모른다. 쓸모를 말하는 인생보다 쓸모없는 인생이 더 아름다워 보인다. 나는 언제나 유용한 것보다 무용한 것들한테 마음이 갔다.

"꽃 마르지 않는 인생을 너에게 주고 싶어."

가령 내 고백이 그랬다. 번듯한 직장도 모아 둔 돈도 없으면서 한 여자한테 사랑한다고 고백했다. 사랑만 말했으면 그나마 윤리적인데, 아예 같이 살아 버리자고 했다. 무용하기 그지없는 꽃 한 송이로 연분홍빛 마음을 훔쳐 버린 것이다. 대학원 때 비평을 가르쳐 준 전영태 선생님은 날 단 한 번도 학생으로 보지 않고 도둑놈으로 보았다. 공부에 쓸모 있는 존재보다 공부 밖의 쓸모를 더 강조

하셨다. 학생의 성향을 파악하는 능력에 대해서는 의심할 여지가 없는 분이었다. 완전 옳았다.

"이 도둑놈아, 너의 이름에는 나의 밭 전(田)자가 있어, 세상을 크게 훔쳐야 해."

나는 훌륭한 선생님의 가르침 따위에 관심은 없었지만 덕분에 학업보다는 한 여자의 마음을 크게 훔쳤다고 생각한다. 모름지기 선생이란 학생의 재능을 발견하는 이가 아니겠는가. 나는 확실히 학문보다는 연애에 재능이 탁월했다. 이별하고 아파할 시간에도 사랑을 했고, 잿빛 가득한 가슴으로도 사랑의 불씨를 지피고 있었다. 두렵지 않았다. 사랑만이 세상을 훔치는 일이라, 책보다 사람을 먼저 읽었다. 학업은 지지부진했으나, 사랑은 언제나 진도가 팍팍 나갔다. 선생이 가르쳐 주지 않아도 선행 학습이 가능한 과목이 사랑이었다.

부모님은 억장이 무너질 일일지 모르겠다. 아들놈 하나 쌔가 빠지게 일해서 대학원까지 보내 놨더니 여자 꽁무니나 열렬히 따라다녔다고 한다면, 전라도 뻘밭에 고이 묻어 둔 쌍욕부터 나올지도 모른다. 그러나 연애 모의 고사를 잘 치른 덕분에 평생을 해로할 여인을 만났다면 연애의 본고사는 잘 치른 셈이지 않을까. 세상에 와서 효도만큼 어려운 일이 없었으나 아내를 처음 데려갔을 때 나는 보았다. 대궐집 부럽지 않은 부모님의 미소를. 내 일생을 걸어 그로록 꽃 마르지 않는 미소는 없었다.

나의 부모는 아들을 좀 더 쓸모 있는 자로 키우고자 대학원에 보냈으나, 그놈의 아들은 쓸모없는 연애에 영혼을 거는 일이 많았다. 부모는 애가 터졌고, 아들은 잦은 이별에 술병이 깊어 갔다. 뭐 이딴 새끼가 있나 싶겠지만, 결과는 실로 아름다웠다. 사람 구실 하는 아들을 보고 싶던 부모는 손자 손녀를 보았고, 사랑이나 빡시게 하자는 아들은 기저귀 빵빵한 육아를 해내고 있으니 이 이상이 있겠는가. 사랑의 재능이란 삶으로 증명할 때 갑자기 신뢰가 가고, 군말 없이 아름다운 법. 나는 연애의 뛰어난 재능으로 그 정하고 어렵다는 평범한 삶을 훔치고 있었다.

평범한 삶이 아직도 뭔지는 모르겠다. 막다른 골목

에 갇힌 도둑놈처럼 뭔가 실토하고 싶은 걸 보니, 내게 있어서는 강렬한 것인지도 모르겠다. 나는 사실 쓸모 있는 인생에는 영 재능이 없었다. 세상의 빛과 소금이 되는 일보다, 쓸모의 바깥을 떠도는 사람이었다. 말이 거창해 쓸모의 바깥이지, 딱히 쓸모가 있으려고 사는 인생이 아니었다. 시나 쓰다가 놀다 가야지. 이 말이 어떤 인생에도 빚지지 않고, 훔칠 수도 없는 나의 인생이었다. 그래서 늘 그리웠던 평범한 인생. 시를 쓰지 않고도, 사랑을 살아낼 수 있는 인생이라면 언제든지 바꾸고 싶었다. 시나 쓰다가 놀다 갈 인생보다, 시나 쓰다가 망할 인생이 확률적으로 높았기 때문이다.

어쨌든 나는 멸망하지 않고 성공했다. 가장 무용한 시 쓰기로 한 여자의 마음을 크게 훔쳐 버렸다. 땅을 치고 후회하기 전에 아이 둘을 낳는 시의 생산성까지 보여 주었다. 시에 대해 아무것도 몰라도 내 시라면 무작정 외워 주던 선량한 여자는 어느덧 악독한 비평가가 되었지만. 꽃 마르지 않는 잔소리로 쓸모없었던 총각 시절의 나를 그립게 하지만. 오늘도 나는 그토록 살고 싶었던 평범한 삶의 한복판에 있다. 새근새근 잠든 아이들과 아내의 모습을 보면 정말이지 나는 가장 큰 도둑놈이었다.

아내의 취향에 대하여

나는 취향이 있는 사람을 좋아한다. 취향으로 자신을 표현할 수 있다는 건 인생의 가장 큰 숙제, 자신을 사랑하는 방법을 아는 것이기 때문이다. 구체적인 취향은 왠지 그 사람이 사랑하는 풍경까지 좋아하게 한다. 취향 하나에 막막한 사람도 투명해진다. 나는 언제나 오후 2시, 햇살이 가볍게 떨어지는 카페 테라스에 앉아 갓 내린 커피를 마시는 사람을 만나고 싶다.

"집이 없다고 생각과 취향이 없는 것이 아니야."

이사 문제로 아내와 다툴 때면 한국 영화 <소공녀>의 대사가 떠오른다. 소중한 무언가를 지켜내고 싶을 때마다 떠오르는 영화가 <소공녀>다. 영화 내용은 특별할 게 없다. 그저 위스키와 담배, 사랑하는 남자친구만 있으면 마냥 행복한 한 여자의 이야기이다. 영화는 한마디로 취향을 지키기 위한 고군분투기이다. 오직 자신의 취향을 지키기 위해 한겨울임에도 집부터 포기한다. 위스키와 담배만 줄여도 집을 지킬 수 있을 것 같은데, 주인공은 최소한의 생존 조건부터 버린다. 집을 버리는 이유는 간단하다. 사랑하는 취향의 걸림돌이기 때문이다.

아내와 나는 신혼집이라 부를 수도 없는 방에서 결혼 생활을 시작했다. 그냥 내가 사는 방에 숟가락만 얹었다는 말이 올바른 표현이겠다. 우리 부부에게 결혼의 조건은 집이 아니라 사람이었기 때문에 간장 종지만 한 방에서도 사랑의 평수를 키워 갈 수 있었다. 으리으리한 집이 없어도, 못산다고 생각해 본 적이 없었다. 둘 다 요리 솜씨가 좋아, 저녁마다 따뜻한 국과 요리를 먹고 배가 남산만 해졌다. 몸집을 불리는 밀물의 바다처럼 살찌는 풍경마저 보기에 좋았다. 우리는 언제나 서로에게 벅차오르는 물살이었다.

그러나 우리 부부는 사랑이 숨 가쁘도록 아기가 생기고, 또 생겼다. 싸우는 일이 잦아지고 있었다. 부부 싸움이란 자라나는 아이들 곁에서 마음의 무능력함을 확인하고 또 확인하는 일이었다. 은행 창구 앞에서 누가 더 많이 대출이 되나 기다릴 때에도, 아이 돌반지를 팔려고 금은방에서 기다릴 때에도 마음처럼 거추장스러운 것이 없었다. 사랑으로 한 사람을 만났고, 사랑으로 아이를 둘이나 가지게 되었지만 숨 가쁜 마음에는 사랑이 들어설 자리가 없었다. 오직 사는 풍경에 지쳐 가고 있었다.

사랑의 평수가 작아지자 아내에게 안부를 묻는 일도 사라지고 있었다. 전화를 해도 아이들부터 묻고, 아이들로 끝났다. 매일 아이들과 고군분투하는 아내에 대한 걱정은 없었다. 아이와 아내는 엄연히 다르지만, 동일하다 생각했다. 모든 걸 아이들에게 맞춰 생각했고, 그게 아내의 생각이라 착각했다. 아이들 그림자를 핑계로, 오후 2시 햇살이 가볍게 떨어지는 카페 테라스에 앉아 커피를 마시던 아내를 잊어 먹고 있었다.

아내는 취향이 빛나는 사람이었다. 까만 피부를 좋아해 뙤약볕을 두려워하는 법이 없었다. 세상 곳곳을 누비며 낮술 마시는 걸 좋아했다. 시에 대해 아무것도 모르면서 시를 통째로 외우는 걸 좋아했다. 설거지를 싫어하면서도 마음부터 씻기는 강물 소리를 좋아했다. 허구한 날 돈, 돈 하면서도 돈 벌라는 말보다 한돈을 더 자주 구워 주곤 했다. 살찌는 일은 끔찍해 하면서도 남편과 자식들 배불리는 일에는 앞잡이가 되곤 했다. 아내는 자신을 사랑하는 방법만큼이나 타인을 사랑하는 방법도 아는 사람이었다. 그토록 취향이 건강했던 아내는, 나의 무관심으로 무색무취의 사람이 되어 버린 것이다.

언젠가 분리수거 문제로 아내와 다툰 적이 있다. 아무리 결혼 생활이 사소한 것부터 소홀하면 안 되는 일이지만, 너무나 사소해 별거 아닌 것 같았다. 세상 곳곳을 누비며 인류의 모든 인종과 대작을 하던 여인이 고작 분리수거 문제로 일개 남편한테 화를 내다니. 좀 옹졸해 보였다. 그러나 아내의 화는 좀처럼 죽지 않았다. 유독 내게만 더 화를 내는 것 같아 왜 나한테만 그리 화를 내냐고 물었다.

"내가 오빠 아니면 누구한테 화를 내?"

아내의 대답이 또박또박 마음에 꽂혔다. 세상 어떤 말보다 아려 왔다. 세상 어느 곳에서도 빛나던 사람이, 겨우 화 조금 낸다고 삐지는 한 사람의 아내가 되었다니. 참으로 옹졸한 세상을 살게 하는 것 같았다. 아내가 좋아하는 것은 못 해도 싫어하는 것 정도는 하지 않아야 하는데, 나는 그 작은 세상도 못 지켜 주는 사람이었다.

아내에게 미안했다. 진창 같은 삶을 살면서도 나만 고상한 척, 이성적인 척한 것이 부끄러웠다. 언젠가부터 아내가 좋아하는 일보다 싫어하는 일만 하지 않겠다고 눈치만 보고 있었다. 그걸 사랑의 노력이라고 덧없는 시도 썼을 것이다. 사랑이 가장 천박해질 때는 사는 핑계가 많을 때가 아니었나. 치부가 드러날 때가 아니라, 예쁜 말로 치부를 덮어 둘 때가 아니었나. 나는 시를 쓴다면서 한 사람의 마음도 제대로 지켜내지 못한 무능한 사람에 불과했다.

그래도 어쩌겠는가. 아내와 아이 둘은 내가 끝까지 살아낼 삶의 이름들이다. 아이들 과자를 고르다, 새삼 아내의 과자 취향이 궁금해 무슨 과자를 좋아하냐고 물었다. 아내는 단번에 '미쯔'라고 답했다. 왜 하필 미쯔인가. 나는 가장 애매한 정체성을 가진 과자가 미쯔라 생각해 왔다. 과자도 아니고, 초콜릿도 아니고, 시리얼도 아닌. 어디에나 이름 붙여도 뭔가 모자란 과자가 미쯔였다. 마음이 바로 얼굴로 직역되는 나로서는 표정을 숨길 수 없었다. 아내는 그 표정을 현미경처럼 읽어내면서 한마디 했다.

"미쯔가 뭐 어때서?"

나는 미쯔의 애매한 정체성에 대해 폭로하고 싶었지만, 꾹 참았다. 아내가 좋아하는 맛을 나도 좋아하고 싶어서 오래도록 미쯔의 맛을 음미했다. 아무리 음미해도 애매했지만, 가뿐하게 말을 던졌다.

　"당신이 좋아하는 그 모든 것이 좋은데, 미쯔는 더 좋아."

　아내의 입맛에 맞는 말을 했지만 아내 마음에는 썩 들지 않아 보였다. 다만, 아내를 위해 무언가 하나쯤은 해낸 것 같아 괜히 으리으리한 사랑의 집에 깃든 것 같았다. 서로 살찌는 풍경을 오래 보아도 좋을 것이다. 오랜만에 사랑의 평수가 커지는 날이었다.

아폴로, 추억의 다른 이름

추억이 서로 다르게 적히듯이 운전 거리에 대한 체감도 다 다르다. 본가가 여수이기 때문일까. 삼사백 킬로 정도의 운전에 대해 나는 어떤 고민도 없다. 언제든지 출발 가능한 거리이며, 옆집처럼 드나드는 거리로밖에 느껴지지 않는다. 그런데 아이 둘을 태운 차는 완전 다르다. 발 냄새만 맡아도 야생마가 되는 나의 차는 안전 제일의 차가 되고, 카시트가 답답한 아이들의 울음바다가 된다. 단 한 시간 거리라 할지라도 몇 곱절이 걸리는 게 다반사다.

진도로 가족 여행을 결심할 때였다. 서울 기준으로 진도, 통영, 보성 같은 곳은 억대의 슈퍼카로도 다섯 시간 이상 걸리는 곳이다. 나는 슈퍼카가 없을 뿐만 아니라, 한 시간 거리도 몇 곱절을 걸려 가야 하는 베이비카 운전자이므로 진도 여행을 아예 꿈꿔서도 안 되었다. 그런데 하필 진도 숙박권이 당첨되었고, 십자가 고난과 같은 여행길에 오르고 있었다. 혹시나 했더니 역시나 차 안은 아수라장이 되었다. 응가 냄새와 아이들 울음소리가 섞인 차 안은 이게 여행인지, 재난 훈련인지 모를 정도였다. 아내와 나는 특단의 조치를 세웠다. 해외여행처럼 군산을 하루 경유하기로 했다.

만신창이가 되어서 군산에 도착했다. 일제 수탈의 역사를 고스란히 간직한 군산처럼 아내와 나는 영혼까지 탈탈 털려 있었다. 텅 빈 표정을 마주할 때마다 일제 강점기가 아니라, 육아 강점기라는 말만 떠올랐다. 반면에 아이들은 도대체 무슨 일이 있었냐는 듯 쌩쌩하기만 했다. 차에서 아주 잠깐 잠들었을 뿐인데, 초고속 충전을 마친 것 같았다. 어쨌든 여행이니 놀거리, 볼거리를 찾아야 했다. 핸드폰으로 검색하니 군산 경암동 철길마을이 눈에 들어왔다.

사실 철길마을은 군산에 올 때마다 참새 방앗간마냥 들렀던 곳이다. 그런데 새삼 다른 곳으로 여겨졌다. 세월 때문이 아니라 여행의 목적이 달랐기 때문이다. 결혼 전에는 이성의 환심을 사려고 했던 곳이 철길마을이었는데, 이제는 가족과 함께 추억을 만드는 곳이 되었다. 보고 느끼는 풍경도 달랐다. 결혼 전에는 맛집이나 사진 찍기 좋은 곳만 찾아다녔는데, 지금은 아이들이 가는 곳에 그냥 내가 있었다. 그리고 아이들은 추억도 없이, 추억의 과자에만 머무르고 떼를 쓰고 제 모든 걸 걸려고 했다.

동부, 꾀돌이, 논두렁, 쫀드기, 아폴로 같은 과자는 슈퍼집 아들이 아니라도 하나하나 추억이 깃든 과자들이다. 그러나 지금 아이들에겐 입 속부터 궁금한 신문물들. 유기농만이 좋은 먹을거리라고 강요하는 세계에서, 몸에 좋다는 이유로 별로 달지도 않은 과자를 먹어야 했던 기억에서, 불량식품이란 얼마나 달달한 미지의 유혹일까? 나는 어린이 간식 해방 사령관인 양 아이들에게 당장 강력한 간식 하나를 선물했다. 이름하여 아폴로!

아폴로는 작은 빨대 안에 분말주스 반죽을 넣은 과자다. 빨대 안에 과자가 들었으므로 호기심 때문에라도 무작정 사게 만든다. 맛은 또 어떠한가. 하나만 빨게 되면 하나로 절대 끝낼 수 없는 무한의 매력이 있다. 처음으로 아폴로를 맛본 아이들도 그랬다. 예전에는 바나나 맛, 딸기 맛 등 한 가지 맛만 담겨 있었는데, 지금 나오는 아폴로는 한 봉지에 다섯 가지의 맛이 들어 있다. 아폴로는 맛의 동화책인가? 아이들은 무지개 속 세상을 엿보는 것 같았다. 성냥팔이 소녀가 성냥 하나로 꿈을 그리듯이 아폴로를 하나하나 먹을 때마다 아이들은 단꿈에 빠지고 있었다.

뜻하지 않던 군산 여행. 어른한테는 육아 강점기 특단의 조치였지만, 아이들에게는 특별한 맛을 선물 받는 유기농 해방의 시간이었을지 모른다. 아폴로가 나에게 추억이듯이 아이들에게도 추억일 것이다. 그 추억의 무늬는 다르겠지만, 우리가 마침내 도착해야 할 곳은 진도가 아니라 함께 추억할 어느 날의 아폴로다. 그리움의 맛도 색도 다를 것이므로 벌써부터 그리워진다.

부라보콘 두 개 먹는 날

4월 17일, 오늘은 첫째 딸 윤슬이의 두 번째 생일이다. '윤슬'은 순우리말로 햇빛이나 달빛이 강 또는 바다에 비쳐 반짝이는 잔물결을 의미한다. 어감도 예쁘고 의미도 예뻐 윤슬은 딸의 이름이 되었다. 순우리말로 지어 주고 싶었지만, 한자는 있어야 한다는 유교적인 가풍을 받아들여 예쁠 윤(贇)에 옥구슬 슬(瑟)이란 한자를 붙여 주었다. 한자가 붙는다고 하더라도 윤슬은 그 자체로 빛나는 이름이었으므로 마냥 기꺼운 이름이었다.

윤슬이는 잘 자라고 있다. 유독 콩을 무서워했었는데 어느덧 콩나물을 키울 줄도 알게 되었다. 세상에서 누가 제일 좋으냐고 물으면 엄마도 아빠도 아니고, 자기라고 말하는 아이로 자랐다. 아직 말이 서툴지만, 행동이 늘 먼저인 아이이다. 좋아하는 부라보콘 앞에서는 어떠한 양보도 없다. 드러눕고 보채는 방식이 통하지 않으면, 직접 냉동고와 맞서 부라보콘을 쟁취하고야 만다. 내가 농구에서 제일 잘하는 박스아웃이 되지 않는다. 겨우 합의한 것이 하루에 부라보콘 하나다. 무엇이든 부모가 해 주는 걸 좋아하지 않고, 잘 못하더라도 자기가 직접 해야 직성이 풀린다.

오늘은 생일을 맞이한 기념으로 스스로 기저귀를 벗고 변기에 앉았다. 조준력은 많이 떨어졌지만, 거실이 그냥 똥 기저귀 속이 되어 버렸지만 윤슬이는 내내 자신을 가두고 있던 껍질 하나를 벗어던진 셈이다. 세 살배기의 것이라고는 도저히 믿을 수 없는 향기를 남긴 건 안 비밀이다. 딸의 비밀을 지켜 주고 싶지만, 아빠라고 해서 코가 특별히 두껍지는 않다.

윤슬이는 좋게 말하면 주체적인 아이지만 그냥 말하면 빡센 아이다. 그러나 나는 이 시대가 알아주는 팔불출 아니겠는가. 주체성도, 빡센 것도 모르겠고 그저 윤슬이의 모든 것이 좋을 뿐이다. 사실 똥 냄새조차 좋았다. 그 작은 몸에 삶의 진한 향기가 깃든다는 것이 기적처럼 느껴졌다. 겨우 기저귀 하나 뗐을 뿐인데, 세상의 공기가 다 바뀐 것 같았다. 숨이 트이는 저녁을 맞이하고 있었다. 그 저녁에는 별이 뜰 것이고, 별은 마침내 어둠이 내쉬는 숨구멍이 될 것이다. 새로운 별자리 하나를 얻은 기분이었다.

팔불출이 되어도 자식 자랑은 참을 수가 없다. 윤슬

이는 어두운 그림자만 기웃거렸던 내 인생을 반짝이게 해 주었다. 윤슬이가 없는 인생을 이젠 생각할 수조차 없다. 오늘은 그런 윤슬이의 두 번째 생일이다. 마냥 벅차고, 마냥 축하만 해 주고 싶다. 그런데 윤슬이의 생일이 다가오면 무거운 닻 하나가 수심 깊은 진도의 바다부터 먼저 보게 한다. 절대 잊히거나 잊을 수 없는 세월호 참사를 기억하게 한다. 윤슬이가 태어날 때도, 윤슬이가 첫 돌을 맞이할 때도 벅찬 가슴을 무거운 비석들이 짓누르는 것만 같다.

윤슬이의 이름을 지을 때 고민이 없었던 것은 아니다. 윤슬이의 생일은 세월호 참사 바로 그 뒷날이었다. 온 국민이 단 한 명의 기적이라도 있길 바라면서, 희망의 발등이 퉁퉁 붓는 날이기도 했다. 하여, 4월 17일의 '윤슬'이란 애도의 물결, 추모의 물결을 비추는 이름 같았다. 선뜻 딸 이름으로 짓기가 어려웠다. 잊지 않겠다, 기억하겠다며 7년 동안 노란 리본을 달고 수업을 하고, 세월호를 추모하는 시 낭송에 참가하고, 글로써 세월호 진상 규명에 대해 호소했다. 하나 나는, 입만 번지르르한 사람이었다. 정작 내 딸의 이름 앞에는 세상의 어떤 슬픔도 끼치지 않길 바라는 위선자와 다름없었다.

윤슬이는 마음먹은 일에 거리낌이 없다. 말이 서툴러 행동이 앞서는 거겠지만, 자신이 해야 하는 일 앞에서는 어떠한 망설임이 없다. 마음과 몸의 거리가 없으므로 오로지 행동할 뿐이다. 나는 윤슬이한테 다시 '행동하는 양심'을 배운다. 마음을 밀어붙이는 힘에 대하여 아주 빡세게 배우고 있다. 나는 적어도 내 딸이 가르쳐 주는 마음에 대해 부끄럽고 싶지 않다.

언젠가 윤슬이도 물을 것이다. 왜 자신의 이름이 '윤슬'이냐고. 적어도 그땐 어감이 예쁘고, 의미가 예뻐 윤슬이란 이름을 지었다고 말하지는 않겠다. 세상에는 잊지 말아야 하는 슬픔이 있고, 그 슬픔을 기억하게 하는 빛이 있어 '윤슬'로 이름을 지었다고 말해 주고 싶다. 세상의 강과 바다에 비치는 아름다움이 아니라, 사람의 마음에 비치는 아름다움이 되라고 '윤슬'이란 이름을 지었다고 말하겠다. 나의 모든 거짓말이 다 들통이 나더라도, 그땐 콩나물처럼 자란 아빠의 양심을 보여 주겠다.

"윤슬아, 네가 이 글을 이해할 즘이면 단 한 가지라도 세월호의 슬픔을 규명하였을까. 캄캄한 바다에는 아직도 네가 비출 것들이 많아, 달처럼 부은 눈빛이 많을까. 아빠는 겁이 많아, 그 눈빛을 다 살아내지는 못했단다. 그러나 내 딸이 살아갈 세상은 강한 세상이었으면 좋겠다. 아빠가 노력해 볼게. 우리 딸이 어떤 어둠도 없이 오롯한 햇살과 달빛을 받으며, 반짝이는 생일을 맞이하도록. 윤슬아, 두 번째 생일 축하해. 좋은 날이야. 오늘은 부라보콘 두 개 먹는 날이야."

아내의 크리스마스트리

아내 바보라고 해도 어쩔 수가 없다. 아내의 말을 거역하는 순간 그냥 바보가 되는 게 삶이다. 나는 스스로 그냥 바보의 길을 걸을 만큼, 아주 바보는 아니므로 대부분 아내의 말을 잘 따르는 편이다. 그런데 얼마 전 동의하기 어려운 아내의 사치가 있었다. 낭만을 빙자한 나의 사치와 매우 닮아 있는 사치였으므로 아니 따질 수가 없었다. 우리 형편에 무슨 낭만이냐고 면박을 주는 아내였기에, 지극히 낭만적인 사치는 싸우기에 충분한 명분이었다.

따지고 보면 별것은 아니었다. 크리스마스를 맞이해서 '나'만 한 크기의 트리를 구입한 것이었다. 하나님의 탄생만큼이나 예수님의 탄생도 특별한 것이어서 거실 한편에 트리 하나쯤 있는 일은 수긍 가능한 아름다움이었다. 다만, 내 키가 186cm이니 그 크기만큼 값도 만만치 않아 보였다. 나의 낭만적 사치가 솟구칠 때 아내가 늘 하는 말이 있었다. 형편이 안 좋다고, 애들이 좀 크면 하라고. 그런데 크리스마스트리 역시 아이가 커서 해야 할 일이 아닌가. 고작 두 살, 세 살짜리 아이들이 크리스마스트리의 아름다움을 읽겠는가. 오히려 트리에 장식한 소품들 만지다가 트리 자체가 넘어지는 위험에 처할 것이 아닌가. 나는 결혼하고 처음으로 아내에게 소심한 잔소리를 하고 있었다.

사실 나도 크리스마스트리가 좋았다. 그것이 사는 풍경과 다르다고 할지라도, 사랑하고 싶은 풍경이었다. 따뜻한 조명과 신의 은유로 가득한 소품들은 살아갈 이유보다 이 겨울을 사랑해야 하는 이유를 말해 주는 것 같았다. 사는 데는 형편이 필요하지만, 사랑하는 데는 형편이 꼭 필요조건은 아니니. 그런데 나는 아주 졸렬한 사내가 되어, 복수하듯 사는 형편만을 아내에게 묻고 있었다. 내가 캠핑 용품을 살 때는 그토록 형편을 따지더니, 크리스마스트리를 살 때는 어떤 말도 없었냐고. 크리스마스트리는 아이들이 더 커서 해도 되지 않냐고. 아주 쪼잔한 질문을 던지고 있었다.

물으면서 부끄러워지는 질문들, 아마도 아내에 대한 소심한 복수는 누가 봐도 바보 같아 보였을 것이다. 그런데 그걸 내가 하고 있었다. 부부로 산다는 일이 돌이킬 수 없는 민낯을 들키는 일이라 해도, 스스로 부끄러워지는 말은 참았어야 했다. 아내가 고작 트리 하나 때문에 발끈

하는 사내밖에 안 되냐며 나를 쳐다볼 때는 쥐구멍에라도 숨고 싶었다. 쪽팔렸다. 올곧은 말로는 얼굴부터 붉어지는 감정을 표현할 길이 없었다. 속되고 속된 말만이 적확한 감정 표현인 것 같았다. 완전 쪽팔렸다.

부부 싸움은 쪽팔린 쪽이 먼저 화해를 요청하는 게 불문율이지 않은가. 나는 갑자기 아내의 낭만적 사치를 칭송하며, 크리스마스트리의 아름다움을 찬양했다. 빠른 태세의 변환만이 쪽팔린 영혼을 구하는 길이었다. 사실 그놈의 형편만 된다면 나쁠 게 뭐가 있겠는가. 어떤 믿음 없이도 크리스마스는 연말의 꽃이자, 한 해를 돌아보기에 좋은 선물 같은 날이다. 그런데 내가 낭만적 사치로 치부한 건 내 추억 어디에도 크리스마스트리가 없어서다. 크리스마스의 추억이 형편없기 때문이다.

내가 기억하는 크리스마스의 추억은 오직 자개장이었다. 단칸방 딸린 방울 슈퍼에 가장 어울리지 않는 게 있었으니, 고관대작 집에서나 볼 수 있는 자개장이었다. 집이라고 도무지 말할 수 없는 단칸방에 그토록 화려하고 웅장한 자개장이, 어떤 연유로 있었는지 도무지 알 수 없지만 있었다. 왜 가난한 집의 짐은 장(欌)이 떠받치고 있는가. 고풍스러운 자개장 위에는 늘 짐이 한가득이었지만, 자존심을 지키듯 빛나던 그 자개장을 잊을 수가 없다. 그리고 자개장은 크리스마스가 오면 트리 역할까지 감수해야 했다.

나는 오래도록 산타 할아버지를 믿었다. 크리스마스가 다가오면 트리를 대신해 자개장 문고리에 양말을 걸어두었다. 큰 선물을 받고 싶어, 늘 축구 양말을 걸었다. 그런데 원하는 선물은 한 번도 받지 못하고, 매번 집에서 파는 과자만 받았다. 내가 특별히 착한 일을 하지 않으니 16비트 알라딘 게임기나 농구 골대는 못 받는가 싶었다. 중학생이 다 되어서야 어머니가 산타란 사실을 알았다. 슈퍼집 아들에게 과자 선물만 하는 산타클로스가 원망스러웠는데, 모든 오해가 풀리는 날이기도 했다. 세상에 신비로운 일 하나가 사라지는 것이었지만, 왠지 괜찮았다. 어머니가 나의 하나님이란 사실은 바뀌지 않았으니.

새삼 생각해 본다. 왜 어머니는 어울리지도 않는 자개장을 굳이 그 단칸방에 모시고 살았을까. 소박한 장을 선택했다면 새우잠을 자는 일도 없었을 것이고, 식구들 눈총도 받지 않았을 것이다. 왜 그랬을까. 아마도 이 형편 대로만 살지 않겠다는 일종의 다짐이었을지 모른다. 어머 니의 자개장은 큰 집으로 가겠다는 희망의 증표이자 상징 이었다. 단칸방에서 방 세 칸짜리 집으로 이사했을 때 기 다렸다는 듯이 빛나고 또 빛나던 자개장의 위엄을 잊을 수가 없다. 그날은 자개장이 이고 있던 짐을 내리던 날이 기도 했다. 큰 집 가면 쓰겠다고 악착같이 모아 놓은, 뜯 지도 않은 살림살이가 제자리를 찾아가는 날이기도 했다.

아마도 아내의 크리스마스트리도 일종의 다짐일지 모르겠다. 이 형편대로만 살지 않겠다는 희망일지도 모르 겠다. 감히 그 희망찬 다짐을 졸렬한 복수로 대답한 것을 완전 후회한다. 아내가 나의 하나님이란 걸 잊어서는 안 된다. 한심하게 살아도 꼭 기억하자. 아내의 말을 따르는 길만이 바보의 삶을 구원하는 길이다.

불효자는 울지 않고, 옵니다

설날이 다가오고 있다. 코로나 확진자가 일만 명이 넘는다고 하지만, 전문가들 썰에 의하면 이번 명절은 민족의 대이동이 꽤 많다는 전망이다. 지자체에서는 고향은 마음에 있는 거라고, 고향에 '안 오는 게 효도'라고 열심히 비대면 캠페인을 펼쳤지만. 코로나가 장기화되면서 '더 이상 안 가면 불효'라 여기는 듯싶다. 코로나 시국 벌써 3년, 일종의 피로감 표출일 수도 있고, 코로나가 더 이상 핑계가 될 수 없는 시간이 도래했는지도 모른다.

나 역시 이번 설에 고향 여수에 간다. 먼저 고백할 게 있다. 손이 다 터질 정도로 개인 방역을 하며 비대면을 원칙으로 살고 있지만 코로나 시국 속에서도 명절만 찾아오면 일편단심 민들레처럼 여수에 갔다. 불효자 중에서도 일등 불효자가 아닐 수 없다. 전화로 묻는 안부면 충분하다, 영상 통화 하면 곁에 있는 거나 다름없다고 아무리 설득해도 나는, 무조건 여수에 갔다. 코로나보다 더한 악조건이 있었다고 해도, 나는 여수에 갔을 것이다.

사실 아주 어린 아이 둘을 데리고 여수에 가는 일은 절대 쉬운 일이 아니다. 명절에 여수에 가려면 차 막히는 시간을 피하더라도 족히 여섯 시간 이상이 걸린다. 가는 건 그렇다 치더라도 서울로 돌아오는 건 고난에 가깝다.

곱절의 시간이 걸린다. 아이들도 고생이고 어른들도 고생이다. 그런데 명절만 되면 왜 나는, 죽자 살자 여수로 가는 것일까. 시국이 시국이니 좀 참아도 될 것인데, 반드시가고야 만다. 혹시 부모님이 막대한 재산이 있어, 지극정성으로 여수에 내려간다고 생각할지 모르겠다. 사실 그런오해를 살 정도로 부지런히 여수에 갔다. 그런 이유면 좋겠지만, 내가 어떤 어려움을 무릅쓰고도 여수에 가는 이유는 청춘의 속죄일지 모른다.

지금이야 결혼을 하고, 손자 손녀도 떡하니 안겨 드린 아들이지만 총각 때 나는 집안에서 찾을 수 없는 빌런이자, 꼴통이었다. 혼기는 가득 찼는데 결혼 생각은 없지. 연애보다 이별을 더 많이 하는 것 같지. 특별한 직장도 없지. 여수 공단에 취직시켜 주고 싶은데, 배운 건 어설프게있어 일도 못 하지. 시를 쓴다는데 헛소리나 하는 것 같지. 허구한 날 술이나 퍼먹고 다니지. 제 밥그릇도 잘 못챙기는 것 같은데 자존심만 지키고 있지. 총각 때 나는, 부모님의 무한한 사랑으로도 감싸 주기 어려운 쌍놈이었다. 실제로 쌍놈 새끼냐고 욕을 많이 먹었지만, 그 한심한청춘도 사랑할 것이 많았다. 여태 쌍놈 새끼로 살았다고해도 후회는 안 했을 것이다. 손가락질 받는 인생일지라도 꽃 같은 날이 많았으니. 반드시 오는, 봄을 믿는 청춘이었으니.

　　다만, 내가 선택한 행복으로 부모님을 불행하게 하는 일은 견디기 어려웠다. 견디기 어렵다고 어찌할 수 있는 것은 없었다. 딱 남들만큼만 살아서 보편적 행복을 안겨 드리고 싶은데, 나는 그게 제일 어려웠다. 부모님의 억장은 무너지겠지만, 인류의 보편적 행복을 지키기 위해선 어떤 여인도 나 같은 놈은 만나지 말아야 했다. 아무것도 없으면서 자존심을 세우는 사내를 누가 좋아하겠는가. 좋아한다고 한들 십자가 고난보다 빡세다는 시인의 아내가 될 수 있겠는가. 그때는 적어도 없어 보였다. 그리하여, 부모님이 나를 적당히 잊고 살았으면 싶었다. 이 핑계 저 핑계를 만들어서 여수에 발걸음을 끊었다. 거짓말도 했다. 괜찮은 직장을 얻었다고.

　　도무지 고향에 오지 않는 아들이 걱정되어, 하루는 부모님이 서울에 온 적이 있었다. 자취방인지, 술도가인지 모를 방부터 치우는 부모님을 보면서 쥐구멍이라도 찾고 싶었다. 아무리 가족이라도 상처만 주는 밤들이 있다, 왠지 그 밤을 맞닥뜨린 것 같았다. 그러나 부모님은 묵묵히 방을 치우고, 여수에서부터 바리바리 싸 온 밑반찬을

냉장고에 정리할 뿐이었다. 그러곤 어떤 말도 없이, 잠도 주무시지 않고 바로 여수에 내려가셨다. 내려가는 부모님의 뒷모습을 보면서, 더 이상 기대할 것도 없는 나의 미래를 보면서 비명 같은 다짐을 했었다. 엄마의 따사로운 밑반찬에 술을 마시며 오래 무너졌었나. 다음 생에 나 같은 아들 말고, 착한 아들을 만나라고 두 손을 모으고 있었나. 내가 부모님의 거대 상처인 것만 같아 이불을 뒤집어쓰던 그 불면의 밤을 잊지 못한다.

아마도 부모님이 다녀간 그 밤, 거대 상처 속을 헤집 듯 이불에서 나오지 못하던 그 밤 때문이었을 것이다. 나는 평범에 바치는 삶을 살고 싶어졌다. 일평생 혼자만을 위해 살았으니 나머지는 가족을 위해 살아도 괜찮겠다 싶었다. 보통은 가족을 위해 열심히 살고, 자기 인생을 찾지만 나는 선불로 자기 인생을 찾고, 후불로 가족에게 갚는 격이었다. 그런데 평범한 삶이란 도대체 무엇이란 말인가. 좋은 직장? 좋은 배우자? 아무리 물어도 평범의 길은 멀고 아득해 보였다.

그러나 인생은 참 신비롭기도 하지. 마음만 먹었을 뿐인데 어느새 직장을 잡고, 결혼을 하고, 아이를 계속 낳고 있었다. 그토록 바라던 평범한 인생에 도착한 것도 같았다. 좋았다. 시를 쓰겠다고 허허로운 방황을 하지 않아도 되고, 술 먹을 시간에 육아를 해야 하니 건강도 좋아졌다. 엄마 밑반찬이 있어도 밥이 어디로 들어가는지 모를 정도로 정신없지만, 머리만 닿으면 잠이 드는 숙면의 날들이 왔다. 무엇보다 좋은 건 부모님 얼굴빛이 완전히 바뀌었다는 것이다. 손자 손녀만 봐도 웃음 마를 날이 없어 보인다. 나도 신분 상승이 되었는지, 쌍놈 새끼는 우리 집안의 사어(死語)가 되었다.

나만 보면 한숨부터 나오던 부모님이, 안부를 물으면서도 아들의 밑바닥을 볼까 봐 두려워하시던 부모님이, 손자 손녀가 생기자 시간 단위로 연락이 온다. 영상 통화를 할 때마다 마르지 않는 웃음의 샘을 보는 것 같다. 하루는 손자 손녀가 보고 싶어 미치겠다고, 서울을 단번에 올라오실 때도 있었다. 나에게도 이런 사랑을 주었나 싶을 정도로 과장된 것 같고, 어색하다. 그런데 부모님의 웃음은 세상없이 투명한 것이어서 진실이 아닐 수가 없다. 나는 그 웃음만큼 좋은 것이 없어, 죽자 살자 여수로 내려갔는지 모른다. 일평생 드리지 못했던 웃음을 이자에 복리까지 쳐서 돌려드리고 싶어, 악착같이 여수로 가는지 모른다.

코로나 명절 명언이 있다. '불효자는 울지 않고, 옵니다'라는 말. 굳이 설명하자면 코로나 상황에서는 고향에 오지 않는 것이 효를 다한다는 뜻이다. 새삼 나는 얼마나 성실한 불효자인가. 총각 때는 고향에 가지 않아 불효자, 코로나 시대에는 고향으로 가서 불효자다. 청개구리도 이런 청개구리가 없다. 세상이 원하는 효도와 내가 하고 싶은 효도가 완전히 거꾸로다.

알고 있다. 조심해야 한다는 걸. 코로나를 이겨내기 위해선 누구 하나의 노력이 아니라, 모두의 노력이 절실하다. 그런데도 가족이란 의미까지 멸균 상태로 만들어버리는 것 같아 안타까울 때가 많다. 이번 설은 코로나 이후 가장 크게 민족의 대이동이 있을 거라고 한다. 어떤 의미에서는 코로나가 주는 무서움보다, 가족에 대한 그리움이 더 크다는 방증일지도 모른다. 코로나 3년 차. 그리워했으니 만나야 하고, 만나야 이 위독한 시대를 건널 힘도 얻을 것이다. 방역 기준 준수, 개인 위생 철저, 마스크 항시 착용 등 절대 지켜야 하는 말들도 있지만 만나지 못해 다 하지 못한 말들은 더 많다. 안부를 묻고, 다시 살아갈 힘을 얻는 따뜻한 설날이 되길 바랄 뿐이다. 코로나 시대

에 고향에 오면 불효지만 기왕 온 거라면 어떻게든 불효
가 효도가 되도록 노력해 보자. 이번 설날 성실한 불효자
는 울지 않고, 또 여수에 간다.

내 인생의 홈런
-홈런볼

나는 세상이 알아주는 시인이 되지는 못했지만, 시를 쓰고 시를 가르치며 살고 있다. 시로 대단한 삶을 이루지는 않았으나, 시를 나의 삶으로 받아들이고 있으니 세상을 사랑하는 데는 부족함이 없다. 사랑받기 위해 시를 쓰는 사람도 있겠지만, 나는 조금 더 사랑하고 싶어 시를 쓴다. 약하고 무능한 시인이 될지라도, 나는 그것을 받아들일 용기가 있다. 용기 있는 자가 좋은 시를 얻으리라는 믿음도 있다. 하여, 밤마다 시의 홈런을 꿈꾸며 책상 앞에 앉는다. 내 지금은 미약하지만 언젠가는 반드시 세상이 깜짝 놀랄 만한 시를 쓸 것이다.

그러나 오늘은 배트 한 번 휘두르지 못하고 시의 타자석에서 내려왔다. 어느덧 어린것들도 생겼는데, 시인을 떠나 아버지로서도 부끄러웠다. 야구 선수의 굳은살처럼 변화무쌍하게 날아오는 공을 감각적으로 치고 싶은데, 삼진 아웃이었다. 이제 투수의 눈빛만 보아도 구질과 속력을 다 알 때도 된 것 같은데, 시의 타자석에만 서면 별로 지키고 싶지 않은 초심으로 돌아갔다. 오늘의 나는 참으로 재능도 책임감도 없는 시인이자, 아빠다.

시가 안 써지는 막막함. 가장으로서 한없는 부끄러움. 사실 이 무서운 감정들은 나의 스승이자 오랜 벗이다. 시를 쓰게 하는 힘이자, 심장을 뛰게 하는 원천이다. 너무 오래 함께해, 몸을 나눠 가진 것도 같다. 쓰지 못하는 고통은 대개 어두운 방식으로 찾아온다. 몸속에 어두운 것들이 깃들면 신열을 앓기도 한다. 간절하게 무언가를 쓰고 싶어지면, 나는 마음보다 몸이 아프다. 김수영의 시처럼 "먼 곳에서부터/먼 곳으로/다시 몸이 아프다." 나에게 창작의 고통은 몸을 나눠 가지는 시간이자, 온몸으로 밀어붙이는 시간이다.

나는 시가 써지지 않을 때는 과감하게 책상에 벗어나, 몸이 갈 수 있는 극한까지 가려고 한다. 숨이 턱 끝까지 차는 일을 두려워하는 법이 없다. 시를 쓰는 공포를 몸의 공포로 바꾸어 버리는 것이다. 신비롭게도 몸으로 공포를 이겨내면 시도 물꼬를 튼다. 물에 씻긴 듯이 고통으로부터 해방되는 기분이다.

처음에는 시인이란 이미지에 잠식한 병약함과 유약함이 싫어 일부러 더 격렬한 운동을 지향했다. 삼일절 유도대회에 나가서 금메달을 획득한 적도 있고, 이종격투기를 비롯해 격하다는 운동은 안 해 본 것이 없다. 축구, 농구는 생활체육 수준을 넘어 괴인으로까지 불린다. 나는 잘난 척을 할 만큼 혹독하게 몸을 만들고, 강한 아버지가 되고 싶어 세 살배기 딸을 등에 지고 산을 오르기도 한다. 이 격렬한 몸의 지향은 다른 뜻이 있어서가 아니라, 마음보다 몸이 분명하기 때문이다. 마음은 하루에도 몇 번이고 거짓말을 하지만, 몸은 거짓말을 하지 않는다. 나는 나의 시를 몸으로 증명해내고 싶다.

나는 몸으로 하는 것 중에 서툰 것이 별로 없었다. 그런데 딱 한 가지가 몸으로 되지 않는 것이 있었으니, 야구다. 야구는 뛰어난 운동 신경이나 타고난 힘으로 밀어붙일 수 없는 스포츠였다. 겉으로 보기엔 다른 구기 종목에 비해 많이 뛰는 것도 아니고, 몸싸움이 있는 것도 아닌데 어려웠다. 공에 대한 감각보다 공에 대한 사유였고, 힘보다는 타이밍이었다. 열심히 하는 스포츠가 아니라, 뭘 알아야 할 수 있는 스포츠였다.

언제였을까. 나는 야구에 대해 아무것도 몰랐지만

시인이라는 이유로 시인 야구단 '사무사' 시합에 참여한 적이 있다. 발군의 운동 능력을 보여 주고 싶었으나, 발군의 바보 능력만 확인하고야 말았다. 야구 규칙뿐만 아니라 공을 어떻게 던지고 받는지도 몰랐다. 만능 스포츠맨의 자존심이 글러브가 아니라, 쥐구멍을 찾고 있었다. 흔히 인생을 야구로 비유하는데, 내 인생만큼은 절대 야구로 비유되어서는 안 될 일이었다.

자라 보고 놀란 가슴 솥뚜껑 보고 놀란다고 했었나. 편의점에서 '홈런볼' 과자만 봐도 나는, 홈런을 맞은 투수의 얼굴처럼 어두워졌다. 늦은 저녁의 편의점은 부족한 술이나 채우려고 기웃거리는 거였으므로, '홈런볼'이란 이름만 들어도 왠지 모를 열패감에 사로잡혔다. 취업과 실직. 그때의 내 인생은 아웃의 연속이었고, 매일 방망이로 두들겨 맞는 것 같은 청춘이었다. 나의 청춘이 감정적으로 '홈런볼'을 좋아하지 않는 것도 있지만, 꼼꼼히 따져도 별 매력이 없는 과자라 생각했다. 가격에 비해 양이 적었고, 공갈빵에 초콜릿이나 넣은 과자로밖에 보이지 않았다. 아무리 당이 떨어져도, 절대 '홈런볼' 따위는 구입하지 않았다. 그게 유일하게 인생에서 홈런을 맞지 않는,

유일한 복수였다. 그렇게 내 인생에는 홈런이 없을 줄 알았다.

어느덧 청춘은 지나가고, 아직도 쓰고 싶은 시가 생기면 몸부터 뜨거워진다. 요즘은 세 살 딸아이를 짊어지고 산에 가는 것으로 창작의 고통을 견디고 있다. 등허리부터 젖는 땀의 무늬로 아버지로서 가야 할 지도를 찾고 있다. 대단한 체력을 과시하고 싶어서가 아니라, 온몸으로 딸의 무게를 느끼면 내가 살아야 할 언어가 가벼워지기 때문이다. 몸이 힘들수록 딸은 무게가 아니라 어떤 세상도 건널 수 있는 날개가 된다.

오늘도 시가 되지 않아 딸과 궁동산에 다녀왔다. 새를 좋아하는 딸은 봄을 재촉하듯 등산 내내 새소리를 따라 했다. 그 소리가 어찌나 좋던지 산수유꽃, 진달래꽃, 개나리꽃이 어느새 날아와 봄의 깃털을 키우고 있었다. 궁동산을 오르는 내내 날아갈 것 같았다. 가볍게 산행을 마치고 딸이 더 좋아하는 편의점에 갔다. 딸아이는 어떠한 거리낌도 없이 '홈런볼'을 골랐다. 할머니가 사 준 맛을 기억하는 것 같았다. 문득, '홈런볼'만 보면 낯빛부터 어두워지던 계절이 생각났다. 딸아이는 어두운 계절을 환한 봄빛으로 바꾸고 있었다. 내 인생의 홈런은 없지만, 딸은 미소로 계절의 장외 홈런을 치고 있었다. 별자리 없이도 몸이 어두운 계절을 환히 비추는 것 같았다. 딸이 준 '홈런볼'을 입에 넣자, 봄빛이 고였다.

희망의 문을 닫지 않는 사람

방울 슈퍼가 문을 닫은 지 어느덧 20년이 넘었다. 최초에 방울 슈퍼가 있던 자리는 타운하우스의 주차장이 되었고, 두 번째 터를 잡았던 곳은 공부방이 되었다. 슈퍼였다는 어떤 흔적도 남아 있지 않으므로 오직 사람의 기억 속에서만 살아 있는 곳이 방울 슈퍼라 할 수 있겠다.

정겨운 동네의 풍경을 완성하는 게 방울 슈퍼였는데. 세 들어 살아도 14년 동안 꿋꿋하게 터줏대감 노릇을 한 건 방울 슈퍼였는데. 1년 365일 내내 동네에서 가장 먼저 일어나고 가장 늦게 잠드는 곳이 방울 슈퍼였는데. 아무리 생각해도 허망하게 문을 닫아 버렸다. 왜 엄마는 그토록 모든 것이었던 슈퍼 문을 닫아 버린 것일까.

사람들 입소문에 의하면 초대형 마트가 생겨났기 때문이라고 했다. 할인을 어느 정도 해 주는 마트가 있긴 했지만 본격적인 할인, 슈퍼 납품가보다 더 저렴하게 판매하는 초대형 마트가 동네에서 멀지 않은 곳에 생긴 것은 방울 슈퍼에 붐비던 발자국을 뚝, 끊기게 하기에 충분했다고. 잘살고 못살고를 떠나 한 푼이라도 아껴야 했던 시절. 초대형 마트의 등장은 동네의 인심을 바꾸어 버렸다고 했다.

사람들의 추측이 일정 부분 맞긴 하지만 엄마가 슈퍼 문을 닫은 이유는 따로 있었다. 아무리 초대형 마트가 생겨났다고 해도 슈퍼는 슈퍼만이 해낼 수 있는 능력으로 사람의 발자국을 부르는 힘이 있었다. 단순히 물건을 사고파는 곳이 아니라, 마음을 주고받는 현장이 슈퍼였다. 엄마가 그랬다. 아직도 방울 소리만 들려도 그리운 사람이 오는 것 같다고.

엄마가 억척스럽게 지켜 오던 방울 슈퍼 문을 닫은 이유는 무엇일까. 남들은 작은 구멍가게라고 할지 몰라도 엄마에겐 언제나 막막한 삶의 숨구멍이자, 14년 세월로 증명한 가장 믿을 만한 터전이 아니겠는가. 그러나 엄마는 어떠한 미련도 없이 슈퍼 문을 닫았다.

그리고 엄마는 '기다리는 사람'에서 '찾아가는 사람'이 되어 있었다. 슈퍼는 어쨌거나 손님을 기다리는 일이다. 손님이 필요한 것들을 진열하고 올 때까지 기다리는 일이 슈퍼의 일이자 엄마의 일이었다. 엄마는 넋 놓고 무너질 수는 없다는 듯이 손님을 기다리지 않고, 찾아가고자 마음먹었다.

엄마의 새로운 직업은 누가 봐도 뜻밖이었다. 그 당시 엄마의 얼굴엔 기미가 잔뜩 끼어 있었다. 그늘이 없는 땡볕의 삶이었으니, 얼굴에서부터 감출 수가 없었다. 그렇게 거무튀튀한 엄마가 화장품 방판업이라니. 그럴싸한 이유로 포장하려고 해도, 뭔가 설득력이 없어 보였다. 코흘리개 애들이나 주름 자글자글한 할머니들만 상대하다가 멋 부리기 좋아하는 사모님들 상대하는 게 쉬운 일일까. 엄마보다 훨씬 피부가 깨끗하다 못해 빛나는 분들께 화장품을 판다니. 남극에서 에어컨을 파는 일처럼 말이 안 되는 것 같았다.

그러나 엄마의 삶 중에 말이 되는 것이 있었나. 비문으로 가득한 삶을 살아도 진심을 전달하는 게 엄마라는 문장이 아니었나. 엄마는 그 어두운 얼굴로 이 집, 저 집, 그 집, 먼 집을 찾아다니고 있었다. 문전박대를 당하는 수모를 당해도, 절망할 시간까지 아껴 하나라도 더 화장품을 팔았다.

엄마란 참으로 신비롭기도 하지. 그런 세월을 어느덧 20년 넘도록 살아내고 있다. 피부도 20년 전보다 더 맑고 예뻐져 전지현, 김태희보다 훨씬 더 설득력 있는 모델이 되었다. 전국까지는 아니더라도 여수에서는 따라올 수 없는 영업력으로, 20년 넘도록 수석 지부장 타이틀을 지키고 계신다. 엄마는 거무튀튀한 슈퍼집 주인에서, 화려한 커리어우먼이 되었다. 나는 그런 엄마를 볼 때마다 인생을 바꿀 수 있다고 배운다.

너무 흔한 말이지만 흔해서 정직한 말이 있다. 엄마가 스승이라는 말. 나는 엄마의 인생을 보면서 내가 어떻게 살아갈지를 배운다. 아이 둘의 아빠가 되자, 엄마가 살아낸 인생들이 더욱더 큰 가르침으로 다가온다. 요즘 들어 시를 쓰는 일도, 학생들을 가르치는 일도 다 욕심이란 생각을 자주 한다. 아무리 아껴 봐도 막막하기 그지없는 생활들. 빛이 돌지 않는 미래들. 직업을 바꾸는 건 인생을 바꾸는 것과 같아서 선뜻 용기가 나지 않았는데, 이젠 엄마가 그러했듯이 기다리는 사람이 아니라 찾아가는 사람이 되고 싶다. 엄마는 엄마처럼 살지 말라고 하겠지만, 나는 오지 않는 희망을 직접 찾아가는 사람이 되고 싶다. 엄마처럼 사는 일이 희망의 문을 닫지 않는 일이란 걸 이제야 알게 되었다.

작가의 말

작가의 말

    사는 일이 녹록지 않을 때마다 방울 슈퍼가 내어 주던 풍경이 그립습니다. 가난해서 소중한 게 많았고, 살아낼 것이 많아서 사랑이 아닐 수 없었던 그 시절. 방울 슈퍼는 골목의 따뜻한 서랍이자, 신도 함부로 열어 보지 못할 사람의 편지가 있던 곳이었습니다.

    어쩌면 너무 늦게 그 편지를 읽어냈는지 모르겠습니다. 세상에서 가장 아름다운 문장이란 책이 아니라 삶으로 깃드는 것인데, 너무 오래 마음의 문맹으로 살았는지 모르겠습니다. 어머니를 사랑합니다. 아버지를 사랑합니다. 이웃을 사랑합니다. 이 말이 어려워서 단어로, 문장으로, 문맥으로 떠돌았는지도 모르겠습니다.

    하여, 이 책은 모르는 마음의 편린일 것입니다. 모른다는 건 알려고 하는 욕망이 아니라 삶의 신비였습니다. 과자 한 봉지만 한 신비로 밤새 글을 쓰게 하고, 그리워하던 시간은 세상 어떤 선물보다 크게 다가왔습니다. 주소

불명의 희망이 도착하는 시간이기도 했습니다. 반드시 살아서 그 신비로움을 읽어내겠습니다.

감사합니다. 이 책을 쓰면서 너르게, 깊게 자주 했던 말입니다. 글은 제가 썼지만, 받는 마음으로 쓰게 해 주는 말이었습니다. 입술이 닳도록 한 말 같은데, 이 말이 지워지지 않습니다. 감사합니다. 제 글의 처음이자 끝인 가족, 제 글의 처음 독자이자 마침표인 주간 <슈퍼맨> 구독자님들, 부족한 남편의 모든 것이 되어 준 이가은, 오체투지의 자세로 감사합니다.

제게는 알게 모르게 희망의 좌표를 찍어 준 벗들이 있고, 호명해야만 닿는 마음도 있습니다. 류근 형, 정환이형, 홍래 형, 새별 형수님, 병일이 형, 지영 쌤, 노식이, 혜인이, 석주, 대구 미남 민호 히야, 오랜 벗 김종영, 박기정형님, 농구 모임 라스트샷, 17사단 전차대대 전우들, 김광신 대표님, 고양예고 문예창작학과 제자들과 동료 선생님들입니다. 이분들은 절망의 주소를 희망으로 바꾸어 주었습니다. 제 인생을 있게 해 준 아름다운 신비 앞에 거듭 고개 숙이고 싶습니다.

마지막으로 '걷는사람' 김성규 대표님을 비롯해 편집부에도 특별한 마음을 남깁니다. 아이 둘을 낳고 어렵던 시절, 삶의 무게를 다른 방식이 아니라 글로써 견딜 수 있었던 건 순전히 '걷는사람'이 있었기 때문입니다. 함께 걸어 주셔서 감사합니다.

방울 슈퍼는 사라졌습니다. 방울 슈퍼를 찾던 사람들도 아스라이 사라지고 있습니다. 그러나 사는 일이 녹록지 않을 때마다, 그리운 자리가 욱신거릴 때마다 이 편지 같은 『방울 슈퍼 이야기』가 도착했으면 좋겠습니다. 마음의 별자리가 돋아나 어두운 길을 비추는 지도가 되고, 살아갈 힘을 얻는다면 우리 안의 방울 슈퍼는 언제나 빛나고 있을 겁니다.

방울 슈퍼 이야기

2023년 6월 9일 1판 1쇄 펴냄
2023년 6월 30일 1판 2쇄 펴냄

지은이   황종권
펴낸이   김성규
편집   김안녕 한도연
디자인   신아영
펴낸곳   걷는사람
주소   서울시 마포구 월드컵로 16길 51 서교자이빌 304호
전화   02 323 2602
팩스   02 323 2603
등록   2016년 11월 18일 제25100-2016-000083호

ISBN 979-11-92333-88-5 04800
ISBN 979-11-89128-13-5 (세트)

* 이 도서는 2022년 서울문화재단 예술창작활동지원사업에 선정되어
  발간된 작품입니다.